「好冰！這金魚真是活蹦亂跳呢。」
「真是的！為什麼就是射不中啦！」
山茶花／真山亞茶花
退役辣妹。現在披著清純的皮，但實際上是隻野獸，是紅人群中的領袖。

contents

Kadokawa Fantastic Novels

6

orewo sukinanoha omaedake kayo

喜歡本大爺的竟然就妳一個？

作者
駱駝
illustration
ブリキ

我不希望妳復活到這地步

序章

眼看暑假終於要正式開始。

才剛想說結束了忙碌的第一學期，能短暫獲得安息的時光總算來臨，實際上卻完全不是這麼回事。

我——花灑也就是如月雨露，這個暑假忙得非比尋常……

行程滿得不能再滿……像今天，就是才剛順利做完了其中之一的圖書室業務。

明明是暑假，圖書室卻還是門庭若市。而且平常會來幫忙的人今天都有事，只剩我和圖書委員兩個人忙，所以更是忙翻了。

最後總算是順利做完，但疲勞大概比平常多了五倍。

這一天真的讓我深深感受到伙伴有多重要……

「花灑同學，辛苦了。今天也謝謝你來幫忙。」

「好，Pansy 也辛苦啦。」

這個和我互相慰勞的女人，是西木蔦高中的圖書委員三色院董子……通稱「Pansy」。

平常個性文靜乖巧……可是，對敞開心房的對象就會很多話。

順便說一下，她還會把我的發言硬往對她有利的方向解釋，一有什麼不順心的事就會鬧彆扭，對我毒舌，是個頗……不，是相當棘手的女人。

外表是辮子眼鏡打扮又胸部平坦，完全不是我喜歡的女生類型，但這不是她的真面目，真正的她是個宇宙無敵波霸美女，實在是個有著神奇規格的女人。

「來，請用。」

「嗯，謝啦。」

我在閱覽區休息，一杯紅茶端到我眼前放好。

喝了一口，哎呀，真是神奇，累積到現在的疲勞轉眼間就消散了。

「好喝嗎？」

「嗯，很好喝。」

「那太好了……呵呵！」

「…………」

Pansy乖巧地坐在我身旁。她那平淡但總是帶著幾分雀躍的嗓音，以及平靜微笑的側臉，讓我忍不住怦然心動。我竟然會對作辮子眼鏡打扮的她產生這樣的情感，究竟有誰能夠預料到呢？

……我已經不打算隱瞞，就老實說吧……我喜歡這個叫三色院菫子的女生。看著喜歡的女生露出笑容，應該也沒幾個男的不會心動吧？

「哎呀，你怎麼啦？」

「……沒事。」

「呵呵，你還是老樣子，不老實。」
而 Pansy 對我也有戀愛情感，我們是彼此兩情相悅的關係。
……可是為了避免誤會，我要附加說明，我們雖然相思相愛，卻不是男女朋友。
這裡頭的情形有點複雜，在此就割愛不提吧。怎麼說呢，就是一言難盡……
「今天大家不能來，我好寂寞喔。」
「其他人都有事要忙，有什麼辦法？」
怎麼說，到這裡都還好，但接下來就是問題了。
這個叫作 Pansy 的女人直到最近都被一樁相當棘手的麻煩事纏身，所以一直沒精打彩，但這些已經成了過去式，現在她徹頭徹尾地完全復活。
而且，再加上她得知她和我是兩情相悅，這一來……
「你能和你最心愛的我獨處，也許是很幸福啦……」
跟以前比起來，她開始變得非常得寸進尺。
「……這種話我應該一句都沒說過吧？」
「才不會呢。『其他人都有事要忙，有什麼辦法……嘻嘻嘻，可以跟我最心愛的堇子妹獨處……嗅嗅』。你剛剛不就做出了這種性慾橫流的發言嗎？」
「為什麼後半段會多出亂七八糟的加油添醋啦！」
「我只是試著替你這個沒辦法老實所以只會像金魚糞一樣纏著人不放的人說出心聲。畢

竟我是個很棒的女生，兩情相悅的對象所懷抱的心意，我都會好好去體會。」

「喂，馬上給我收起妳那多餘的毒舌跟不知道在跩什麼的臉。」

她這得寸進尺的程度……以前她就有會把我的發言往對她有利的方向解釋的正向力，但現在竟然強化到能進行這種「幫我的發言加油添醋」的程度，真的非常棘手。

而且，這女的甚至擁有能讀出我心思的超能力。

要是連這超能力也得到強化，真不知道會變成怎樣，讓我光想都膽戰心驚。所幸現在沒有這樣的徵兆，總算是鬆一口氣——

「才沒那回事，這方面我也有所成長……難得有這機會，要不要我現在就讓你見識見識呢？」

只怕未必可以放鬆……雖然我完全不知道她打算讓我見識什麼，但她格外賣力地往我這邊湊過來，所以我也就照慣例迅速後退。

如果是露出真面目的 Pansy，我當然是非常歡迎，但現在這副模樣的 Pansy，就敬謝不敏了。

「呵呵呵，我就破例特別努力一下了。」

「不，不用了。」

換作平常，我一擺出排斥的態度，她就會鬧彆扭，但今天顯得心情大好。

這格外刺激我的不安，但對此我是無可奈何，就死心吧。

「真是的……你實在太喜歡我了耶。」
「就是啊，這點我就承認吧。」
「這也就是說，你想跟我結婚想得不得了？」
「才不是！為什麼妳會得出這種結論！」
「你想想，我們不是已經處在說是男女朋友也不為過的關係了嗎？」
「不要得寸進尺！妳這種自信是從哪裡弄來的啦！」
「在討你歡心這件事上，我確信沒有人能跟我比。」
「哪有可能！相反才對吧！」
「你……不喜歡跟我在一起？」
「單純就現在這狀況而言，我敢全力點頭。」
「……呵呵，何必這樣掩飾害臊呢。花灑，你在說謊吧？」
「我正在老實地把對妳的心意大放送！」
「那麼，你應該可以更放膽地說出你最喜歡我了吧？」
「我才不要。這是兩碼子事吧。」
「那今天回家路上，我就不跟你手牽手嘍。」
「這不成問題。因為我對這種事情一點興趣也沒有。」
「……我暫時不給你看我的另一種模樣，這樣你也無所謂嘍？」

「唔唔！偶、偶爾一下有什麼關係嘛……」
「你別那樣老是在發情，多少忍耐一下吧？」
「有、有什麼辦法！那個……真正的妳，相當可……嘰哩咕嚕。」
「哎呀！你這麼愛我的內在，讓我幸福得都要失去理智了呢……」
「妳的優點才不是那裡！」
「你對我的那種外表興味盎然這點，表達得很清楚了。」
「那還用說？我對妳的好感，幾乎可說全都來自那邊啊。」
「我做點心來給你或是對你好，這些你喜歡嗎？」
「對前者，我很感謝；至於後者，妳根本沒有一丁點那種成分！」
「我的壞心眼還有彆扭的個性，你覺得是在給你添麻煩？」
「非常啊。我希望解決這些問題想得不得了。」
「也就是說，你想和我更加打情罵俏是吧……」
「想也知道不是吧！我完全看不出妳是走什麼思路才會得出這種結論！」
「你想和我分開？」
「這是個好主意。其實連問都不用問就是了。」
「……我想和你做些像是男女朋友會做的事。」
「唉……妳也太喜歡我了吧……」

我厭煩地含糊其辭帶過後，Pansy 就連喝了幾口紅茶，心滿意足地舒了一口氣。

然後她以自信滿滿的表情看著我。

「——差不多就像這樣……如何？我也有長進了吧？」

「啥？妳在說什麼？」

「你不懂嗎？你的大腦結構還是一樣簡陋呢……」

「誰管妳啊！我告訴妳，我最討厭的就是妳這種地方了！」

「你剛才不是說很感謝我的壞心眼嗎？」

我不記得自己講過任何一句這樣的話，也一點都不這麼想。

「你真的不懂呢。唉……沒辦法，我就破例告訴你吧。」

「那不就要謝謝妳？」

「你這個人非常愛作怪，所以，只要全都反過來想，逆向去看整段對話就可以了，對吧？真是的，你這個人就是不老實。」

Pansy 一邊說一邊還拿著赫伯特．喬治．威爾斯的《The Time Machine》翻動書頁給我看。

竟然還特地拿了原文書出來，看來她為了看書，連英文也練得很純熟了。

不過，我根本聽不懂。什麼叫反過來想，逆向去看整段對話……嗯？

她說「反過來想，逆向去看整段對話」……？

…………啊嗚哇啊啊啊啊啊！

「妳、妳這女人……！」

「呵呵呵，你好像終於懂了。我非常高興。」

真、真沒想到……她竟然變得這麼厲害……

真的是連超能力都給我加強了……

不只是讀出我的心思，甚至連我的發言都控制得這麼徹底，她怎麼會變得這麼可怕？

……為防有人看不懂，就讓我解釋一下 Pansy 搞了什麼花樣吧。

我和 Pansy 先前那番特別長的對話。

照「←」的方向看去，是我們一如往常的對話，可是…………如果照「→」的順序去看，就會變成不得了的東西。

我作夢也沒想到，自己竟然會被搞得成了個超級被虐狂，甚至還向她求婚……

「我們的文定要選在什麼日子呢，親、愛、的？」

Pansy 把自己的頭輕輕靠到我肩上，愉悅地微笑。

對這樣的她，我要說的話只會有一句。

「真的是……請妳饒了我吧……」

忙碌得夠格為我這段大風大浪的暑假揭開序幕的一天，就這麼宣告結束。

第一章

我非常不會應付的人

「……雨露……雨露。」

「嗯？嗯嗯……」

我為了忘記昨天被超能力圖書委員在心中刻下的創傷，正在床上貪婪地睡懶覺，結果就聽到有人叫我。睜開眼睛一看，一名女性正在戳我的臉頰。

「啊，你總算醒啦？」

一頭漂亮的長髮，長長的睫毛，有點犀利的眼睛。從連身洋裝下看得到有點大的乳溝，也許所有夢想都被收羅到那兒去了。

「真是的，你一直不醒，害人家多傷腦筋。早安！」

「…………」

這名充滿成熟性感魅力的美女看到我醒了，開心地露出微笑。

然而，我睜開眼睛後仍然什麼話也不說，這似乎讓她有些在意，微微皺起眉頭。

「咦？你該不會還沒睡醒？那要不要一起去泡澡？這樣一來，你一定會整個人都醒過來吧……開玩笑的，嘻嘻。」

話說，最近經常發生有美女提議一起去洗澡的情形。

這讓我很想懷疑自己是不是在作一種惡性循環的夢，一旦答應就會強制被帶往聖母結

局……但不巧的是，我確定這不是夢。

「不用了。」

「啊，雨露，你該不會是害羞吧？」

「不會，一點也不會。」

「何必把臉繃得這麼緊嘛。你還是一樣那麼可愛。」

這名美女格外親熱地喊著我的名字。

我當然知道這個人是誰，而且無論發生什麼事，只有對這個人，我絕對不會心動。

那麼就得說到這個人是誰……不知道大家還記不記得Pansy第一次來我家時，老媽說過的某一段發言？

也許有人已經忘記，我就再說一次這番話的一部分吧。

就是這一段。

「就是啊！這孩子，非常善良！以前啊，我們『一家四口』去旅行的時候……」

一家四口。這個說法，就和我眼前這名女性的身分有關。

沒錯，她是……

「我看你是太久沒見到姊姊，太開心了吧？」

如月茉莉花。是大我三歲的親姊姊……

「姊姊……妳回來啦。」

「嗯。八月大學也在放暑假，而且我也想看看雨露你的臉。」

姊姊就讀的大學離家很遠，所以平常一個人住外面。

因此，凡是暑假、過年以及春假期間，又符合「某個條件」，她就會回來。

還有，坦白說…………我非常不會應付這個姊姊。

她的外表是個端莊的美女，個性則是待人和善的嬌滴滴純情ＧＩＲＬ。

如果只有這樣，應該可說是個完美的姊姊。

……然而，有一件事千萬不能忘記。

那就是，她是「大爺我的」姊姊。而我所謂她會回家的某個條件則是……

「……妳又被男友甩啦？」

「才不是！是我甩了他！」

好的，她露出本性啦～～果然是跟男朋友分手，閒著沒事才跑回老家啊……

「那傢伙真的有夠離譜！每次去吃飯，他就擅自把檸檬汁擠在炸雞塊上！就不能先問過別人一聲嗎！這種心情你懂嗎！」

就像這樣，這種粗暴的口氣才是真正的姊姊。

平常她都裝出一副受男人歡迎的口氣和個性，扮演一個嬌滴滴純情ＧＩＲＬ。

實際上的姊姊，嘴有點……應該說，相當賤。

看吧？當我姊姊不是當假的吧？

「坦白說，我一點都不懂妳的心情。而且妳還是老樣子，老是為了一些無關緊要的理由分手啊……」

「雨露，男女之間的感情要毀於一旦，不需要什麼戲劇化的理由，是小小摩擦的累積。累積再累積，有一天就會爆發……」

她說得散發出一種哀愁，但大家可別忘了她只是在講炸雞塊跟檸檬汁。

不過從口氣聽來，似乎還另有別的不滿。雖然都不重要就是了。

「妳和前一個男朋友分手的時候，不就說『不要每次都來問我，放膽去行動啊！』嗎？跟他比起來……」

「呵……的確有過這麼回事呢。雨露，你自己可要注意喔，男人這種生物啊，在交往以前明明那麼積極，一旦開始交往，往往就會變得很保守。」

所以她雖然喜歡積極的男人，但對會積極在炸雞塊上擠檸檬汁的男人似乎就不行。真是難搞。

「當男人了解到失去的可怕，就會變得軟弱。」

這個人講這種像是名言的話講個什麼勁兒啊？

「算了，沒關係。所以呢，雨露，趕快起來吃飯……然後等吃完飯，我要去買東西，就麻煩你拿了。」

「啥啊！我為什麼就非得幫妳拿東西不可啦！」

出現啦！暴君姊姊！所以我才這麼不會應付她！

每次回來都要抱怨分手的男友，再不然就是利用別人，極盡暴虐之能事！多少也要為弟弟著想一下好不好！

畢竟我可是打算今天好好休息，好應付從明天起的那種驚濤駭浪的行程啊！

哪能就這樣被妳給毀了！

「啊？這是對姊姊說話的口氣嗎？你這小子，剛才看了我的乳溝吧！所以，你要幫我拿東西！就叫你不要讓我教你這種理所當然的事情了！」

「我才沒聽過這種理所當然！而且明明就是姊姊自己露出來！我對姊姊的胸部，一點興趣都沒有！」

「哼！我對你的胯下也是一點興趣也沒有！」

「要是有興趣可就會上報啦！」

「茉莉花，雨露，吵死了！飯菜都做好了，趕快下來吃！」

「「唔！」」

不妙……一樓傳來老媽吼人的聲音。

聽她剛剛的口氣，已經相當生氣了。可惡……沒辦法啊……

「嘖，惹老媽可不妙啊……雨露，現在就先休戰，可以吧？」

「好。可是，買東西我可不奉陪。」

「哼！我倒要看看等你去到客廳，是不是還這麼能言善道。」
不管到哪裡我都繼續講給妳看。我早就決定今天說什麼也要悠哉地過完！
就算是老姊，我也不能讓步。
不過，眼前還是先別再跟姊姊吵這沒有建設性的架，到客廳吃早餐吧……

「…………」
上午九點，我在位於如月家客廳的餐桌前默默用餐。
今天的菜色是白飯、味噌湯，加上煎魚和納豆，真是美妙的日式早餐。
順便說一下，我們家四個人，但餐桌相當大，最多可以坐六個人。
理由是我們和我的兒時玩伴——葵花一家人常有機會往來。老爸為了讓更多人可以一起坐，於是買下大一號的餐桌，一直用到現在。
「雨露，幫我拿——」
「噢，醬油是吧？」
「謝啦。有個能幹的弟弟，我真是幸福呢。呵呵！」
我把醬油遞給坐在對面的老姊。
另外，老姊現在的說話口氣不是她的真面目，而是演出來的嬌滴滴純情ＧＩＲＬ。
至於說姊姊為什麼要偽裝自己……我想再過一會兒，大家就會知道了。

「雨露～～如果還想添飯，媽媽希望你說出來喵～～☆」

「謝啦，老媽。」

姊姊左邊還坐著一樣濃妝豔抹，活力充沛地嗲聲說話的捲髮主婦。

如月桂樹，是我的母親。平常她都是這副模樣，可是一旦潑到水，妝被沖掉，解除捲髮狀態，就會變身為有如天仙下凡的聖母，一樣是個非常神祕的人物。

再來應該要談談我的父親，可是……他已經去上班了，所以現在不在家。

如果只到這裡，其實也就只是長假限定版的如月家早晨，然而……

「哎呀，花灑同學，你臉頰沾到飯粒嘍？你真調皮。」

「嗯～～！桂樹伯母的早餐好好吃喔！魚熱騰騰軟呼呼的耶！」

「對、對不起，桂樹伯母！連我們都來用早餐……」

為什麼連這幾個女的都在我家吃早飯？嚇我一跳！

畢竟當我到客廳一看，就看到她們三個已經不約而同在餐桌前待命了耶！

「不要緊～～！菫子、小葵還有小櫻，妳們都別客氣，多吃點喔！」

「雨露的高中朋友竟然會來，真的嚇了我一跳。幸會，我是雨露的姊姊如月茉莉花。大家叫我『茉莉花（Jasmin）』，所以如果各位也願意這樣叫我，我會很開心。」

也就是說呢，是因為 Pansy 她們來了，姊姊才會偽裝自己。

真的是喔，怎麼會搞成這樣……

「我是三色院菫子，請省略幾個字，叫我『三色菫（Pansy）』。」

坐在我右邊的 Pansy 對姊姊低頭行禮。

至於她的打扮，現在是露出真面目，只戴著眼鏡。

我早就聽她說過她暑假期間在學校以外的地方都會以真面目生活，所以也不怎麼吃驚，但還是覺得非常漂亮……可是，做的事情實在太惡劣，讓我不怎麼感動。

「啊，呃……我是秋野櫻！那個，如果您願意稱我為『秋櫻（Cosmos）』……我會很高興。」

接著由坐在我左邊的本校西木蔦高中學生會長 Cosmos 對我姊姊問好。

她似乎相當緊張，表情僵硬。

「我是日向葵！所以，名字重新排列一下就會變成『向日葵』！Jasmin 姊！」

最後，我這個坐在姊姊右邊的兒時玩伴葵花莫名開始自我介紹。

我想應該是 Pansy 和 Cosmos 做了自我介紹，她就搭了這便車。

「小葵我知道的，我們不是每次都一起玩嗎？呵呵，妳今天也一樣活力充沛呢。」

「嗯！我活力充沛！」

順便說一下，姊姊超級中意葵花。

說來也不奇怪啦。

坦白說，葵花的某種性質並不是先天，而是後天養成的。

而在她身上植入這種性質的，就是我們家的姊姊如月茉莉花。

至於到底是什麼性質……

「我都有乖乖照 Jasmin 姊教我的，要跟男生要好的時候就用力抱緊他！我很乖吧？」

「嗯，很乖！小葵真了不起！」

沒錯。葵花的傻妞型騷貨性質，是由我們家的養殖型騷貨創造出來的。

那是在我還很小的國小時代……當時讀國中的姊姊忽然開始說起一些莫名其妙的話，像是：「我就是因為刻意去做遊走邊緣的事情才會行不通！既然這樣，我就要創造出一個可以自然做出這種事情的理想女人！」然後就把葵花教成了一個傻妞型騷貨。

成果就是現在的葵花。不過坦白說，關於這點我非常感謝姊姊。

「……所以，妳們幾個為什麼在我家吃早飯？」

「有什麼辦法？今天圖書室沒開，花灑也不用打工，我和葵花、Cosmos 學姊也都湊巧沒有排任何行程。雖然小椿要顧店，翌檜也要去校刊社啦……」

「所以？」

「嘻嘻嘻！我們就想說花灑應該很閒，就來陪你玩！」

「妳們有夠會給我找麻煩！」

「咦！給、給你添麻煩了嗎？天、天啊……虧我們滿心期待……」

這種時候流下女兒淚也太卑鄙了吧！Cosmos 竟然給我淚眼汪汪，垂頭喪氣起來了！

「我知道了……很抱歉給你添麻煩了……那等吃完飯……在花灑同學的房間裡窩個夠以

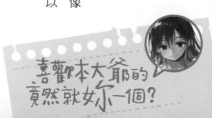

後，我馬上就回去……」

給我吃完飯就走。

還給我老實不客氣地要引進窩個夠制度咧。

「雨露，不可以這樣吧？Cosmos 被你講得很沮喪耶。」

「少囉唆，姊姊妳閉——」

「雨露，對小櫻道歉。」

可惡啊啊啊啊！老媽開口也太詐了吧！老媽怎麼可以開口！

「對不起……Cosmos 會長，那個……其實不會添麻煩啦……」

「真的嗎！哇啊啊啊啊！太棒啦！那我待著沒關係嗎？」

「是啊……請學姊慢慢坐。」

「好的，我會慢慢坐！」

看妳一臉少女的笑容那麼開心，真是再好不過啊。唉……真是糟透了……

「啊，對了。Pansy、Cosmos、小葵，妳們三位今天有空吧？」

「嗯！有空！」

姊姊是怎麼啦？一臉有所圖謀的表情看著我……

「那要不要跟我一起去買東西？我正想去購物中心買新衣服呢！」

這個臭老姊！所以她剛剛才會那樣自信滿滿地說看我還有沒有這麼能言善道什麼的，是吧！

妳是想邀這幾個女生去買東西，然後硬逼我去幫妳拿東西吧！

「買衣服！聽起來就好開心！我想去！」

「我也要一起去，Jasmin 姊。」

「這、這個……我當然也要！我也要去！」

「太棒啦！那就說定嘍！雨露當然也一起——」

「不好意思，我有事，妳們自己去吧。」

哼！妳大概是非扮演這嬌滴滴純情ＧＩＲＬ不可，但我可以做我自己。

所以只要我堅決拒絕，就可以貫徹我的意志！

「這樣啊。那就沒辦法了……嗯，雨露就留在家裡沒關係！」

哼哈哈！活該！如果只是買東西也就罷了，要我幫妳拿東西，那就免談！

……話說回來，她還讓步得真夠乾脆啊……

「那我們大家一起去購物中心，看各式各樣的新衣服吧。啊，機會難得，我想請大家跟我說一說雨露在學校過得怎麼樣！相對的，我也會跟大家說雨露以前的事情！」

慢著。以前的事情？

「花灑以前的事情～～？」

「嗯。是連小葵都不知道的，雨露從前那些有點令人難為情的事情！」

這絕對不是「有點」吧……
「哎呀～～？雨露，你怎麼啦？」
「姊姊，妳太卑鄙了……」
妳絕對是故意的！所以剛剛才會那麼乾脆地讓步啊！
「你說什麼呀～～？茉莉花聽不懂～～☆」
不妙。不妙啊……
姊姊知道，而葵花不知道的事情……當然有一大堆。
其中致命級不妙的，就是我國中時代偷偷寫在筆記本上的那些不能見人的詩……
「對了對了，雨露他啊，國中時代寫了很多——」
「姊姊！人家想去買東西～～☆」
「是嗎？那一開始老實說不就好了？雨露，你太愛作怪了喔。」
比不上妳啦，該死！
「不愧是花灑的姊姊。」
Pansy，妳絕對看出我家姊姊的本性了吧。

＊

後來我們吃完早餐，在客廳暢談了一會兒後，前往要搭三站的購物中心。結果我們一直到出發前都在客廳聊天，所以圖謀跑到我房間窩個夠的 Cosmos 也就沒能達到她的目的……

「哇啊！這裡就是購物中心啊！有各式各樣的店呢！好棒好棒！」

但似乎是因為找到了別的樂趣，只見她顯得非常有精神，真是再好不過。

她抱著愛用的筆記本，眼神閃閃發光，放眼望向四周。

「Cosmos 都不太來這樣的地方嗎？」

「對！平常很少有機會來……我好感動！」

對了，記得 Cosmos 的老家是低調的有錢人，所以她其實是個被收在盒子裡保護的千金小姐啊？

「呵呵呵，有各式各樣的店，逛起來一定會很開心。啊，我有些話要跟雨露說，可以請妳們三位先過去嗎？」

「我明白了！那 Pansy 同學、葵花同學！快點快點！」

「啊哈哈！Cosmos 學姊好開心！那就 Let's Dash！」

「那麼，花灑同學、Jasmin 姊，我們先走一步了。」

「嗯，慢走～～」

那我也一起……啊，應該行不通。

因為有個人雖然臉上有著嬌滴滴的笑容，卻以不得了的握力抓住我的手臂。

因此我就和姊姊一起目送領頭開心嬉鬧的 Cosmos，以及跟在她後面走向購物中心更裡頭的 Pansy 和葵花離開。

「好了……」

接著，等她們三人的身影完全從視野中消失……嗚嘎！

「雨露！你這小子給我等一下！這是怎麼回事啦！」

她突然給我來了一記鎖喉！切換得也太快了吧！

「為什麼你會和好幾個那麼漂亮的女生那麼要好！」

「姊姊，放開我！不、不能呼吸……」

「小葵我還懂！因為你們從小就一起！可是，其他兩個是怎樣？Pansy 和 Cosmos 都漂亮得不得了耶！」

「我、我快不行……放開我……」

「嘖，真沒辦法啊……」

到了這個時候，姊姊才終於放開我。啊～～好難受！

真是的，所以我才受不了這個姊姊……

「好啦！趕快把你這催眠術傳授給我！」

妳這斷定的方式會不會太過分了點？

「我才沒搞那種東西咧……而且要是我會催眠，早就搞起更多玩意兒啦。」

「的確，照你的作風，要是會用催眠術，一定會做更色的事情……」

姊姊，妳很了解我嘛。這是實話，所以我不否認。

眼前就先別提她們三個對我表白的事，解釋一下情形吧。

畢竟要是被老姊知道那件事，她肯定又要多管閒事……難保她不會講出各種我不想聽的話來。

「那為什麼！以前寫過那麼不可告人的詩，現在卻這麼有女人緣……」

「囉唆！我說真的，妳可千萬別提詩的事情啊！真的，我說真的！」

「哼，這就得看你接下來的態度了。」

為什麼我就非得在這種抱著定時炸彈的狀態下待在購物中心不可啦！

「既然不是催眠術，那就是有別的原因吧？趕快把方法告訴我！這樣一來，我也就能遇見真命天子……哼嘿嘿嘿……」

「姊姊，妳口水都流出來啦。」

「……啊！我一個不小心！嘻嘻☆」

不過這可不是一句不小心就能搪塞過去的。

「嗯、嗯～～……是有一些算得上是起因的事情沒錯啦……」
「就是這個！給我招出來！剛才我不是讓你的臉貼上我的胸部了嗎！」
不愧是養殖型騷貨。為了達到自己的目的，可以輕易拋下女人的尊嚴。
然而，剛剛那一下根本來說就是痛苦居多，我不記得有這樣的感覺，而且要是有，更是非常噁心。
為什麼妳會覺得親姊姊的性感大放送會讓我高興？實在令我大感疑問。
「那個……姊姊應該也知道，我以前不是都隱藏起本性嗎？」
「是啊。演一個跟你很搭的沒什麼特徵的平凡傢伙。」
這是事實沒錯，但聽她這種口氣就覺得有夠火大。
「我不再掩飾後，就變成這樣了。」
「原來如此！也就是說，我只要做原原本本的自己就好了是吧！」
我覺得自己提起又自己否定實在不好，但我認為這絕對不行。
「……等等，不可能啊。照我這種個性，男人馬上就會逃走……」
啊，已經實踐過啦？而且還跑掉啦？
「總覺得想起來就有氣……真的是喔，為什麼你就可以靠這招成功啦！」
「妳問我，我問誰……就說我自己都搞不太懂了……」
「真是的……所以雖然雨露行得通，我用卻行不通是吧……虧我還以為可以得到遇見真命天子的機會呢……」

「姊姊，妳在大學不受歡迎嗎？記得妳高中時代不就還挺受歡迎的？」

「雨露，我告訴你，我不是想受歡迎，是希望我喜歡的人能喜歡我。」

哎呀，沒想到她會說出這麼正經的話來…………還真的咧，我哪有這麼好騙。

「……妳說的，是怎樣的人？」

「要能接受真正的我……是型男而且運動萬能，個性好，腦子也聰明，奉行女士優先，將來年收入二〇〇〇萬以上的男人。我一直遇不太到這樣的真命天子……」

妳往真命裡頭塞太多東西了。

看妳一副哀愁樣講這什麼鬼話啊……

「呃，妳好歹妥協一下……符合這種條件的人可沒那麼多啊……」

「妥協？我怎麼可能妥協？雨露，你知不知道地球上有多少個男人？」

「咦？呃，這……」

「……35億。」

非常單純。她滿心想從35億人當中找出理想的男人。

「算了，沒關係！雨露，我們也差不多該走啦！啊，如果你讀的高中裡有能接受真正的我，是型男而且運動萬能，個性好，腦子也聰明，奉行女士優先，將來年收入有望達到二〇〇〇萬以上的男生，可要介紹給我認識！如果可以，最好是對金錢不執著的人！你想想，

就算會賺錢，如果對錢很囉唆，不是很那個嗎？」

接受真正的姊姊啊～～……這可真是個難題。

「這種人，哪兒都……」

『我說啊，花灑！我將來要當上大聯盟球員而且要超級活躍！目標是年薪五〇〇〇萬美元！雖然錢不重要啦！哈哈！』

「……………找不到吧。」

「啊哈哈！說得也是！」

嗯。雖然我也說不上為什麼，但還是別告訴姊姊有「他」這個人吧。

後來我們也和很開心地看著各式各樣衣服的 Pansy 她們會合了。

話雖如此，這裡只有賣女裝，所以沒有我要買的東西……

「我覺得 Pansy 穿這個會很好看。」

「這個嗎？可是，總覺得有點太短……」

「不用擔心啦。現在是夏天，得開放一點才行。而且，雨露也喜歡這樣的喔。」

「花灑同學喜歡？……我明白了，那我穿穿看。」

姊姊，妳拿我當藉口，讓只戴眼鏡以真面目示人的 Pansy 穿上各式各樣的衣服是無所謂啦，可是，我對 Pansy 穿迷你裙的模樣可一點興趣也……除了興趣還能有什麼！謝謝妳！

「花、花灑同學，怎麼樣？」

Pansy 換好了試穿的衣服，穿著淡藍色無袖平針織衫，搭配有荷葉邊的白色迷你裙登場。

她滿臉通紅、忸忸怩怩的模樣，更是另有一種可愛。

「嗯……還不錯吧？」

「…………唉，你的詞彙還是毀滅性地糟糕……」

「那真是對不起喔。」

才誇她兩句，就給我毒舌起來，然後還撇開臉不看我。

我還是搞不太懂這女的到底在想什麼。

「花灑花灑！我呢我呢！這是 Jasmin 姊幫我選的！可愛嗎？」

接著，一旁試穿完的葵花一身短褲搭配寬大的T恤登場。

竟然特意讓平常活力充沛的葵花作邋遢的打扮……我跟來真是跟對了！

「嗯，感覺和平常不一樣，很可愛。」

「太棒啦！嘻嘻～～！謝謝你！」

「……花灑同學笨蛋……」

為什麼 Pansy 要不滿？我對妳的打扮不也好好誇過了嗎？

「呵呵。小葵和 Pansy 都好可愛，幫妳們挑衣服好開心耶～～」

怎麼說呢，到這一步都還好，但坦白說，還有另一個麻煩找上了我。

我想各位讀者多半已經察覺到，現在在試穿各種衣服的是 Pansy 和葵花，幫她們挑衣服的是姊姊。

這樣算來，也就少了一個人……

「花灑同學！這個你覺得怎麼樣？」

就是這個雀躍地拿著一件T恤來找我的女生……秋野櫻，通稱「Cosmos」。

看來她是第一次來逛購物中心，非常興奮。而她說在請姊姊挑衣服之前想自己先多找找看，所以就在店內物色起來，但她手上拿的T恤實在太猛。

「呵呵呵！可愛吧？我覺得這件T恤最棒了！」

該怎麼說呢，這個叫作 Cosmos 的女生啊……

「請問一下……衣服正中央畫的這隻死魚眼而且舌頭垂下的老鼠到底是？」

穿衣品味就是不太對勁。

「哈哈哈！當然是呱莉娜，這還用說嗎！」

明明是老鼠，名字卻像青蛙啊，呱莉娜，而且竟然還是母的。

「不好意思，Cosmos 會長，可以問妳一個問題嗎？」

「嗯？什麼問題呢？……難不成，你沒聽過呱莉娜？」

我就是沒聽過。妳這種震驚的表情是怎樣啦？

「不，我不是要問這個……」

「不是？這麼說來……難道！你發現了呱莉娜溺死版的T恤？……那是夢幻逸品！」

是在夢幻什麼啦。

「也不是。」

「嗚嗚……好遺憾……」

她沮喪起來了。

看來她真的非常想要溺死版的呱莉娜。

「那你是想問什麼？」

「呃，就是想請問 Cosmos 會長平常都怎麼買衣服。」

「我想想。差不多都是跟家人去常去的店，請店員幫我挑。不知道為什麼，每次我想自己挑就會被阻止。而且我們家常去的店都找不太到合我品味的衣服，也沒有呱莉娜……」

原來如此啊。所以她是個被收在盒子裡保護的千金小姐沒錯，但裝她的盒子似乎是個潘朵拉之盒。

打開這個盒子的結果，就是讓這世上充滿了浩劫啊……

「學姊……妳要不要多看些別的衣服……」

「我就是要呱莉娜！」

啊，行不通，她擺出了絕不讓步的姿態。就像幼童在超市裡被爸媽要求把糖果放回原處時那樣，擺出了死纏爛打的姿態。

「你看！這邊的褲子也很棒吧？」

嗯。乍看之下是普通的白色褲子，就當作ＯＫ吧。

可是，兩邊膝蓋都有呱莉娜作為畫龍點睛的重點。妳不行。

……沒辦法。婉轉地勸說，她多半也聽不進去，而且其他人也可能對她客氣而說不出口。

那麼，這種時候只好由我來為 Cosmos 的將來著想，硬起心腸……

「Cosmos 會長……請讓我說一句話。」

「你是怎麼啦？啊！我知道了！我看你也對呱莉娜有興……」

「妳很土。」

「很、很土？這不可能啊！」

這個人竟然還自信滿滿地否認咧。

「哈、哈哈哈！花灑同學好會開玩笑啊。這啊哩啊哩啊哩……啊哩未可能啊。」

是要說不可能吧。啊哩未可能啊是什麼東西？不再見（註：義大利語的「再見」為「Arrivederci」）的意思嗎？

「請妳接受。這是現實。」

「……！具、具體來說是哪裡土……咳，是哪裡這樣了，可以請你說清楚嗎？」

Cosmos 用不停發抖的手拿著筆記本，對我問起。

她似乎不想自己說出「土」這個字，尷尬地含糊其辭。

「整體來說，全都很土……尤其是呱莉娜。」

「為什麼？她明明這麼可愛！你看，你仔細看！只要你仔細看，一定也會了解呱莉娜的魅力！」

不要這樣。不要把這隻吐舌頭又眼神死的老鼠湊向我的臉。

「呱莉娜很可愛，但太幼稚了，不適合 Cosmos 會長。」

「這！所以你的意思是說，問題出在我身上？」

「那個，妳和呱莉娜都很棒，但該怎麼說，就是不相配……Cosmos 會長的風貌很成熟，所以搭這種孩子氣的東西就有點……」

該怎麼說，這根本幼稚得即使穿在葵花身上也一樣出局啊。

「怎、怎麼會……！這麼可愛的呱莉娜，卻因為我……嗚嗚！虧我本來還想說今天絕不要靠店員，要自己挑衣服買……」

潘朵拉會長似乎對平常店員提供她的盡是些成熟的衣服這件事感到不滿。

「既然這樣，妳就別自己一個人決定，找我姊姊商量看看吧。相信她一定會連妳的品味也考慮進去的。」

「是、是嗎？……可是，好想自己選喔～～……」

Cosmos 不安地淚眼汪汪，央求似的看著我。

這種時候的 Cosmos 實在看不出年紀比我大啊。

「這樣的話，就商量看看再決定如何？既然以前不曾自己一個人挑過，就應該先找人合力練習。相信姊姊一定也會尊重 Cosmos 會長妳的要求。」

「是、是嗎！那我就去找她商量看看！謝謝你，花灑同學！」

她換成燦爛的表情，腳步輕盈地跑向姊姊。

這樣一來，應該就不要緊了吧……

「Jasmin 姊，這個……」

「嗯？怎麼啦，Cosmos？」

「可以請妳……也幫我挑一下衣服嗎？」

「當然好了！畢竟 Pansy 和小葵的都選好了，我正想說接下來要想想怎麼幫妳搭呢！……妳喜歡怎樣的衣服？」

「啊，呃，這個……我希望……是能讓花灑同學誇獎可愛的衣服……」

啊嗚！不要小聲說出這種令人開心的話啊！該死！好可愛啊～～！

「呵呵！Cosmos 好可愛。包在我身上。除此之外，還有什麼要求嗎？」

「有！我喜歡呱莉娜的衣服！」

啊，這點倒是不妥協啊……她真的相當喜歡呱莉娜吧……

「呱、呱莉娜？這、這樣啊～～……嗯，那我們一起找找看吧……」

之後就交給妳啦，姊姊。

＊

我把Cosmos說什麼就是要穿呱莉娜的難題交接給老姊應付後，暫時從店裡撤退。

為了消磨時間，我進了賣男裝的店，正在店裡物色有什麼衣服。

啊，這件襯衫好像不錯。難得來了，就買下來…………嗯？那是……

「山茶花，要買哪件，妳挑好了嗎～～？」

不妙！快躲起來！

「我、我又沒有要買哪一件！就只是看看而已啊！」

為什麼山茶花和紅人群的E子同學會在這裡啦！

這裡可不是女裝店，是男裝店啊！

可是不對，如果是山茶花，就算有男用服飾也不會太突兀啊……

「我只是湊巧有夠想進這間店，湊巧想看看男用的商品，根本就沒打算買什麼禮物！真的，一切的一切都是湊巧！」

湊巧的使者山茶花──真山亞茶花，滿臉通紅地對E子同學大肆辯論。

是喔～～原來山茶花平常都穿那樣啊～～真山大叔還說她當辣妹的時候，濃妝豔抹得不堪入目，但現在完全不是這麼回事啊。

是以白色與深藍為基調的很清純的洋裝。

她穿制服就已經夠清純了，換上便服更多了一種脫俗感，更加對我的胃口。

不過她一生氣，馬上就會亢奮得變成霸者，所以非常可怕耶。

「咦～～！可是，妳已經進來三十分鐘了耶。昨天妳不就說了要送給花——」

「哇啊啊啊！妳、妳安靜點！要是被別人聽到，妳要怎麼賠我啦！」

「啊哈哈！妳擔心太多了啦！哪會那麼剛好就有別人在！」

其實呢，還真的就是這麼剛好。

「我、我只是為防萬一啊！為防萬一！要是這種時候被那傢伙看見，到時候情非得已，還是得把那傢伙虐殺（Genocide）到失去記憶為止……」

我覺得被虐殺的一方才更是情非得已到了極點。

至於對於「那傢伙」指的是誰，我終究只能推測，但還是絕對別讓她找到吧……

「……啊，這頂帽子好像不錯……不知道那傢伙戴起來好看嗎？」

聽來她似乎找到了中意的帽子，拿到手上，露出幸福的笑容。

從剛剛的發言來推測，她似乎是來找要送人的禮物。

「我覺得會好看！而且，能讓山茶花送這樣的禮物，他一定會高興的！」

「真的嗎！那傢伙，真的會高興嗎？」

「那當然了！他絕對會很開心啦！」

「太好了～～……嗯，就是說啊！他當然會開心！而且要是他不開心，也只要用拳頭，輕輕鬆鬆把他的臉孔變成笑臉的形狀就好了嘛！」

這應該不是輕輕鬆鬆就能完成的吧？

看著她雀躍的表情，我實在是全身只有戰慄竄過啊。

可是，這大概和我沒有任何一點關係吧！因為她說的「他」應該是指她父親！

真是的……竟然稱親生父親為「那傢伙」，她還是老樣子，雖然外表清純，但口氣跟行動實在很粗魯啊！傷腦筋、傷腦筋！哈哈哈！

「我、我決定了！我湊巧想買這頂帽子了，所以就買一下！」

「好～～！那我就在這邊等嘍！」

「對不起喔！讓妳陪我這麼久……」

「不要緊不要緊！我支持妳！妳那麼努力嘛！」

「我、我才沒有努力什麼！」

嗯，在這間店待下去就太危險了。一被她撞見的瞬間，就可以見到被虐殺的未來。

既然這樣，除了盡快撤離，也不會有別的選擇了。別了，山茶花。

好啦……為防萬一……真～～的只是為防萬一啦！

還是先練習一下收到禮物時要怎麼開心吧！

唉……虧我真的找到中意的衣服，本來很想買耶……

所以呢，我再度回到我們一開始去的女裝店。

Pansy 和葵花似乎已經買好衣服，和姊姊一起拿著袋子站在試衣間前面……這麼說來，待在試衣間拉上的簾子後面的，就是 Cosmos……喔，這可不是正好走出來了嗎？

「哇啊～～！Cosmos 學姊好可愛！妳穿這樣非常好看！」

「真的呢。和平常的形象不一樣，非常漂亮。」

「嗯！我就覺得 Cosmos 很適合這樣穿，所以我沒看走眼啊！」

唔，從這邊看不到，所以我也靠近過去看看吧。

我看看……Cosmos 到底穿成什麼樣子……

「是、是嗎？謝謝妳們……啊！花灑同學！」

「…………」

「怎、怎麼樣呢？」

那就來說說 Cosmos 的打扮，不是平常那種成熟的服裝，而是中性的打扮。

她穿著大腿幾乎全都露出來的牛仔短褲。

然後搭上一件款式單純的白色T恤，下襬附近還畫著一隻小小的呱莉娜。

看來姊姊在採納 Cosmos 的喜好之餘，還幫她挑了一些不至於顯得孩子氣的服裝。

甚至加上充分展露身體曲線的黑色吊帶…………這樣不行吧！這豈不是超A的嗎！

該死！大概是這件T恤比 Cosmos 本來的尺寸小一號，肚臍都露出來啦！然後還加上吊帶！胸部擠壓得有夠凶的啦！

這和我知道的吊帶用法完全不一樣！

「根本不行啊！這種衣服，一點都不適合妳！」

我右手拇指和食指互搓，卯足全力這麼說。

不管多適合，Cosmos 都不應該做這種打扮吧！絕對不行！

「……是嗎？嗚嗚！就是說啊……」

「那還用說！坦白說這根本免談！學姊應該馬上換回原來的衣服！」

「免、免談！這麼嚴重！」

不妙！我話說得太重了。這可讓她真的沮喪起來了……

「花灑同學，你是不是說得太過火了啊？」

「花灑好過分！Cosmos 學姊好可憐！」

不，其實不是這樣……

「沒、沒關係，Pansy 同學、葵花同學！是我，那個……是我不該高興得沖昏頭了……對不起喔，花灑同學，害你不舒服了……」

「哪裡……我沒事的。」

「Jasmin 姊，對不起，我似乎還是不適合這樣的打扮……」

「嗯～～我是不這麼認為啦……但是雨露都說不行了，就挑別的衣服吧。」

「是……讓妳費這麼多工夫，真的很過意不去……」

「不要緊的，挑 Cosmos 的衣服多開心啊！」

「那我們先換個衣服吧……唉……好想得到花灑同學的稱讚喔……」

Cosmos 拉上試衣間的簾子，沮喪地進去換衣服。

結果表情充滿火藥味的姊姊就靠過來小聲說……

「雨露，你剛剛在說謊吧？就算不希望 Cosmos 那種模樣被其他男生看到，也不能用那樣的口氣吧？」

「又、又不是妳說的那樣！只是真的不適合她……」

「好好好，那我就當作是這麼回事……可是，我得教訓教訓你。」

「……咦？」

「不管有什麼樣的理由，你都傷害了一個女生，所以要有處罰。」

呃，這是事實，所以我無話可說。但說「教訓」，到底是打算做什麼？雖說既然姊姊在遮掩本性，應該是不會太誇張啦……

「Jasmin 姊，久等了。」

「嗯，我們再一起挑吧。啊，可是在這之前，妳們三個都過來一下……」

嗯？姊姊把包括 Cosmos 在內的三個人叫過去，開始講起悄悄話了。

「好啦，去跟雨露說吧，他一定會開心的。」

咦？已經說完啦？等等，來跟我說？

這是怎樣？三個人不約而同靠到我身邊來……

「「「花灑（同學）。」」」

「怎……怎麼啦？」

我這麼一問，她們就莫名地照葵花、Cosmos、Pansy 的順序排成縱隊。

然後……

「沒有形體卻抓得住的東西，那就叫作夢想。——Dream can snap——」

「說初戀不會有結果都是騙人的。因為妳就讓我心中美妙的回憶結下了果實。」

「我喜歡自然，喜歡海，喜歡山。謝謝你把我生在這麼美妙的星球上。——Congratulations 地球——」

是我的詩啊～～～～！而且還精準地選出最令人難為情的部分！

尤其 Pansy 說的最後那句更是糟糕！Congratulations 地球是什麼鬼東西啦！

雖然是我國中的時候寫的沒錯啦！

「妳、妳們幾個，知不知道這是什麼……」

「呃，Jasmin 姊說只要唸出這些句子，花灑就會開心！」

「噗、噗噗噗噗……活該……」

臭老姊〜〜〜〜！就叫妳不准洩漏了！虧我還特地叫妳不准洩漏〜〜！

「花灑同學，你不開心嗎？我本來是想讓美妙的回憶在你身上結下果實耶。」

不要用這種說法〜〜〜〜！不要挖出我的黑歷史！

「花灑同學，你不要開心成這樣。——Congratulations 地球——」

「少、少囉唆！最後那句根本多餘吧！」

男生就是會有這樣的時期！會忍不住講出會錯意的浪漫！

「詩露，以後不要再說過分的話嘍？因為我們想開開心心挑衣服。」

姊姊的意思是說：「你這小子，下次要是敢再傷害女生，小心我爆出你更多料啊。詩人乖乖拿行李就對了。」

「……是，我明白了。」

「嗯！知道就好！Cosmos，我們來挑下一套衣服吧！」

「啊，好的！有勞姊姊了！」

之後我就看著她們四個人開開心心挑衣服，在恍惚狀態下一直等著她們買完東西。

想拿回來卻拿不回來，明明已經分開卻又還在身邊。這就叫「過去」。——Unbelievable 自己——。

*

我們在購物中心買完東西後，和 Pansy、Cosmos 在車站道別，和葵花則是在她家門前道別。所以，現在只有我和姊姊。

姊姊提著一個小袋子，我提著四個大袋子。

壓倒性的莫大差距，彷彿體現出我和姊姊在立場上差了多少，讓我愈想愈傷心。

「哎呀～～！雨露的詩真是棒透啦！是不是該把其他的詩也告訴她們呢？」

「真是糟透了……為什麼我就必須落得這種下場……」

「哼！這是處罰你傷害了 Cosmos！你要好好反省一下。」

真的是喔，每次姊姊一回來，我就沒有好下場，所以我才討厭。

而且她還跟 Pansy 她們打破沙鍋問到底，把我在學校是怎麼過的全都問出來。

「真沒想到你在學校格格不入，又被懷疑三劈，老實說，我笑出來了。」

姊姊竟然嘲笑弟弟的不幸，真令人不敢相信……

「……所以，你要怎麼辦？」

姊姊在說什麼啊？哪有什麼怎麼辦？接下來不就只剩回家而已嗎？

「妳在說什麼？」

「你知道的吧？她們三個的心意。」

「……嘖！」

不愧是姊姊，對 Pansy 她們的心意也給我完完全全察覺到了啊。

「真沒想到你這小子竟然會這麼搶手啊～～！而且她們個個長得漂亮，個性又好，根本是奇蹟。我看你是把一輩子的運氣都用掉了吧？」

為什麼每誇一句都要夾一句謾罵？所以我才這麼不會應付這個姊姊。

唉……要是她繼續拿這件事說笑，愈搞愈誇張，那真的會麻煩得不得了啊。

「……不過，你啊，對真正喜歡上的女生，可要確實表達出自己的心意喔。」

「咦？」

「不管其他人說什麼，你都不用覺得有什麼虧欠。被什麼人情世故之類的東西綁住，不敢表達自己真正的心意，那才是糟糕透頂。」

「呃……」

「我想照你的個性，被那樣一群美女追求，大概就會想說必須跟誰交往才行，再不然就是相反？和所有人都不交往，不傷害任何人？……可是，這兩種方法都錯了。你只要老實地好好看著你喜歡上的女生就行了，即使你喜歡的不是她們之中的任何一個也不例外。至少，我會站在你這邊。」

「姊、姊姊……」

「畢竟雨露你就是有那種輕忽自己，以別人的幸福為優先的傾向嘛～～！可是，你知道嗎？交往這件事，就是要互相成全彼此的幸福喔。能夠成全心上人的幸福，又成全自己的幸福，那不是棒透了嗎？」

「這當然……也是啦……」

「喔！你明明就懂嘛！那就好！……不過啦！就算你交到女朋友，你還是一樣嗯，所以我看對方多半會說跟你沒辦法之類的然後甩了你！到時候你可要老實回報喔，我會再拿你尋開心的！」

「我絕對不會跟妳回報……」

才想說姊姊講了幾句好話，馬上又是這個調調。這個姊姊喔，真的是……

「怎樣啦，小氣鬼！……啊，對了！袋子拿一個過來！然後這個給你提！」

「啥？如果是要提到家，姊姊妳手上的袋子比較小，妳就提那個……」

「別說那麼多！這是要給你的禮物！」

「咦？給我的禮物？」

「對！送給我這個嘴上嫌東嫌西但還是陪姊姊逛街的弟弟。我做姊姊的，總不能連這麼點表示都沒有吧？拿去，我幫你選了你穿起來應該會好看的衣服。」

姊姊說著從小小的袋子裡拿出一件衣服。

那是我去逛了那家男裝店卻沒能買到的襯衫。

「嗯、嗯……謝啦，姊姊。」

「呵呵，不客氣！那我們趕快回家吧！」

我微微一笑，姊姊就同樣露出笑容。

然後開始踩著心情大好的腳步，有點快地走在我前面。

……我很不會應付姊姊。

每次她一回家，就要針對分手的男友發牢騷，又極盡暴虐之能事，還會洩漏我見不得人的過去，總之就是瘋狂地拿我當玩具。

從某種角度來說，她比任何人都棘手。

可是，對於這樣的姊姊，我……

「雨露，快點！快跟上啦！然後等回到家，你可要陪我想想認識真命天子的方法！」

「好啦好啦，知道了。」

並不討厭。

【對我來說，這助理當起來十分費力】

今天的行程是當校刊社的採訪助理。因此，我要在早上十點在站前和幹練的校刊社社員翌檜——羽立檜菜會合，遵照她的指示幫忙，賣力處理各種採訪業務，然而……

「真令人不敢置信！竟然排擠我！」

翌檜甩動馬尾，氣呼呼地說出自己的憤怒。

她穿的不是眼熟的制服，而是格子襯衫搭配及膝白裙。

畫龍點睛的蘋果胸針令人隱約聯想到她的出身地——青森。

「只有葵花、Pansy 和 Cosmos 會長三個人，和花灑還有花灑的姊姊去購物中心買東西，這是怎麼回事！我也想去啊！」

她憤怒的原因，是我們幾個昨天去購物。不巧的是她要參加校刊社的活動，因此沒有辦法一起去，但她本人對此似乎相當不服氣。

「到了三天前才說：『我們要去花灑家玩，妳要不要一起去？』我哪有這麼容易就空出行程！」

「那真是遺憾啊。」

光是她們三天前會跟妳說就已經不錯了啦，像我可是當天在現場才被告知啊。

「明天我和大家去唱卡拉ＯＫ時，可要好好訓她們一頓！真的是喔，受不了！……嘰哩咕嚕。」

聽來 Pansy 她們明天全都要去唱卡拉ＯＫ。

妳們就趁我努力打工的時候，好好唱個痛快吧。

「倒是啊……翌檜……」

「……唔唔。怎麼啦，花灑？」

哎，如果只到這一步，倒也還好。如果只到這一步，我應該不會有半句怨言。

然而，可是……然而，可是！

「嗯呵呵～～！檜菜好有精神，真是不錯～～！啊，要不要添飯喵～～？」

「好的！我要！謝謝桂樹伯母！」

「為什麼連妳都在我家吃早飯啦！」

真的是搞什麼鬼啦！繼昨天之後，今天也嚇了我一跳！

一早起來，到客廳一看，翌檜就給我出現在餐桌旁。

「這有什麼辦法呢？Pansy、葵花、Cosmos 會長和小椿都要去圖書室幫忙；小桑又要參加棒球隊的練習，所以除了我和花灑以外，大家都有行程要忙啊。」

「我不是說這個！我是問妳今天我們明明就是十點才要在站前碰頭！妳為什麼八點就擅

自跑來我家，還吃起早飯來了！」
「擅自？哼哼哼！花灑，你以為我會沒徵求許可嗎？早在昨天，我就得到了Pansy她們還有桂樹伯母的許可！對吧，桂樹伯母？」
「嗯！昨天菫子就拜託我說『我想明天早上會有個叫羽立檜菜的女生來，如果伯母可以歡迎她就太好了』喵～☆」
「老媽！麻煩也跟我說一聲好不好！」
「給、你、驚、喜、嘛☆雨露，你這可不是嚇了一跳嗎？嗯呵呵呵呵☆」
又不是說只要嚇到人就什麼都好！
「妳們不會只排擠我一個，這種體貼非常窩心！朋友這種東西果然很棒啊！這樣一來，我就和大家一樣了！……雖然這和要不要訓話是兩碼子事！」
「呵呵呵，昨天也很開心沒錯，不過今天也很令人期待呢。翌檜，等吃完飯，可以跟我說說雨露的事情嗎？」
唉……要是至少，至少沒有姊姊在，真的就還算好……
她可是已經卯足了勁，把準星對準翌檜，要把我不想被知道的事情都問出來耶。
「呃……今天接下來的行程，是要和花灑『兩個人』去採訪，所以……」
喔喔！意料之外的轉機！幹得好，翌檜！
不管我說什麼，老姊都不會聽，但如果是妳開口……

「這樣啊……好遺憾喔。虧我還想說『只給妳』看雨露的相簿啦，或是跟妳說說以前他是怎麼對我撒嬌——」

「我們務必要慢慢聊！不用擔心！時間還很夠！」

不要這麼乾脆就被籠絡！該死！臭老姊！日本人就是對限定這種搞法沒有抵抗力，她就是用「只給妳」這句話把翌檜玩弄在股掌之間！

「真的？謝謝妳！那麼翌檜，等吃完飯就到我房裡聊吧。」

「好的！要麻煩妳了！」

為什麼……事情會搞成這樣？

後來我們吃完飯，到姊姊的房間。乍看之下，這是個可愛的女生房間，但對我來說和地雷區沒兩樣。一想到何時哪裡會爆炸，我就坐立不安。

「哇啊！這就是國小時代的花灑啊！眼神好凶喔～」

另外，現在我們三個人正一起看放在姊姊房間的陳年相簿。

「嗯。這應該是雨露國小一年級，我國小四年級時的照片吧。」

「他和 Jasmin 姊抱在一起……你們感情真的非常好呢！花灑害臊得表情都僵硬了，好可愛！」

「啊哈哈，總覺得好難為情耶～」

這應該是姊姊莫名對職業摔角產生興趣，對我施展眼鏡蛇式纏繞的照片吧。
至於我表情僵硬的理由，應該是因為正在生死邊緣掙扎吧。
「啊！這張照片的花灑在哭！是霜淇淋掉到地上，Jasmin 姊姊在安慰他吧！」
「也有過這種事情呢。原來以前的雨露這麼愛哭啊。」
這是我惹姊姊不高興，屁股挨了一腳之後的照片吧。
不是因為霜淇淋掉到地上而哭，是痛到哭。
「這樣看下來，就感覺得到花灑的成長……咦？這個女生是誰？」
翌檜忽然馬尾一抖，注視其中一張照片。
是國小的我滿臉笑容和兩個女生一起比出V手勢的照片。
「一個是葵花，另一個女生是誰呢？應該不是 Jasmin 姊吧？」
「啊，她啊……呃……她是……」
姊姊先朝我瞥了一眼，確定我的表情沒有問題後，轉回去面向翌檜，微微一笑說：
「是住在附近的另一個女生，只是雨露上國中之前，她就搬到札幌去了……」
「是這樣啊！總覺得這張照片裡的花灑表情真的很開心，讓我非常好奇！這個女生，到底是個什麼樣——」
「翌檜，差不多可以請妳告訴我雨露在學校裡的情形了嗎？妳想嘛，雖然還有時間，但之後妳還得忙校刊社的採訪吧？」

「哎呀，我都忘了！雖然有時間，但時間還是有限嘛！」
「就是說啊。接下來的部分，可以等明天唱卡拉ＯＫ的時候再說嗎？」
「好的！當然可以！」
喂，幾時變成姊姊也要參加卡拉ＯＫ了？
「那等我把我所知的花灑情報告訴 Jasmin 姊之後，再去採訪吧！啊！花灑！採訪可就只有我們兩個人了！就我們兩個！」
就說我知道了，不用一直強調「我們兩個」啦……

＊

後來，我們和姊姊聊完，出了家門。
現在我正和翌檜一起來到站前。
「所以，我們要去哪？」
「是的！今天為了在第二學期要發的第一次特刊上刊登『最受男女朋友歡迎的去處』特輯，我計劃和花灑一起去各式各樣的約會去處採訪！」
地區大賽決賽過後，我答應翌檜要幫忙採訪，這是沒關係，但兩個人一起去跑各式各樣的約會去處，這……

「……這真的是採訪沒錯吧？」

「當然是啊～～！可是，說起來採訪其實是藉口啦！」

「也就是說，妳真正的目的是？」

「那還用說？當然是想和花灑你兩個人約會啦～～！」

她還是一樣膽識過人。

被她這樣單刀直入一說，我就有點不知道該怎麼反應……

「……花灑討厭跟我約會嗎？」

翌檜說話的聲調有點不安。平常她那麼強勢，可是一到關鍵時刻就會變得有點軟弱，也許是因為還放不下以前三劈事件的種種。

「也、也不是……不是討厭啦……只是，妳也知道……我對妳們……」

「你是指以前對我們的表白做出的那糟糕的回答嗎？如果是，就當作是表達歉意如何？畢竟為了讓花灑玩得開心，我可是拚了命才想出今天的方案！」

朝笑咪咪的翌檜臉上仔細一看，就看到她眼睛底下有著小小的黑眼圈。

理由恐怕是…………她針對今天的行程想了很多。

「這樣根本不能算是我在表達歉意吧……」

「沒關係！因為我只要能和花灑在一起就非常開心了！」

這樣可以嗎……可是，既然她本人都這麼說了……

「……好啦。那今天我就陪妳。」

「太棒啦！花灑願意這麼說，我好開心！那麼，我們馬上……手牽手吧！當然要用男女朋友的握法喔。因為這是採訪約會主題！」

「要、要做到這個地步？」

「那當然！……嘿！這下你可不能再放手嘍！」

「嗯、嗯……」

翌檜小小的手用力握緊，柔軟的觸感從我的右手傳來。

坦白說……相當難為情。

「我和花灑兩個人的回憶終於完成了！其實……我一直好擔心呢。」

「擔心？擔心什麼？」

「因為和 Pansy、葵花還有 Cosmos 會長相比，我跟花灑一起的回憶非常少……」

翌檜露出有點尷尬的表情這麼說。

「Pansy 在圖書室裡一直和花灑一起，葵花是從小就和花灑一起，Cosmos 會長以前都在學生會和花灑一起活動……可是，我什麼都沒有，就只是同班同學……這讓我覺得好落寞，好羨慕她們三個……」

的確，以前因為三劈報導，有機會讓我和翌檜一起，但除此之外是沒多少印象。坦白說，我跟她的交情也就只是在學校會聊上幾句而已。

而她就是掛心這一點嗎……

「可是，也有好的經驗耶！」

「好的經驗？」

翌檜切換成開朗的表情笑了笑說：

「是啊！就算自己機會少，別人機會多，嫉妒也無濟於事！能做的事情只有一件，那就是當這少少的機會來到自己手上時不要退縮，要拚命咬住不放！這樣一來，有時候就是會船到橋頭自然直。對這點我有了深切的體認！」

「這樣啊……」

「所以，以後我再也不會放開自己抓住的機會，會盡可能全力和你相處！還請你要做好心理準備啊，花灑！」

「嗯。我已經做了很充分的心理準備。」

「非常感謝你！……那、那麼，今、今天約會結束後，咱打算來個男女朋友那種火熱的接、接接接吻，拜託你哩！」

「我心理準備才沒做到這個地步！而且妳自己明明也在難為情！」

「才、才沒有哩！是花灑想太多了哩。」

這再怎麼說都不太妙吧……

「……咳。總之，不管怎麼說，我們兩個就先去常有情侶去的咖啡館吧！」

啊，變回標準腔調了。看來她多少鎮定了點。

「然後兩人一起喝超特大的恩愛果汁……閃光神威洗牌愛愛天驚蘋果口味果汁……」

這名稱也太猛了吧！而且還說蘋果口味，所以還有其他口味嗎！

「這就算是男女朋友，也會很難為情吧……」

「沒辦法，這是為了採訪。」

「妳這種時候倒是會搬出這個藉口啊！」

「那當然！沒錯！這是為了採訪，所以完全……一點問題都沒有！你想想，我剛才不也說過了嗎？好不容易得到的一點點機會，我會拚了命咬住不放！所以呢，這件事已經定案！絕對要做！」

「妳真心話全都露了好不好！……啊啊～～！好啦！我喝，我喝總可以吧！」

「就是這麼回事！……來，我們一起打情罵……咳，一起加油吧！」

翌檜滿臉通紅，甩動馬尾。

她這種表情硬是很有女人味，讓我自己都搞不清楚一顆心怦怦跳到底是因為被迫喝恩愛果汁，還是對翌檜心動……

我有債多少會還

今天我來打工，是幫在前幾天的地區大賽決賽時很照顧我的金本哥代班。

如果可以，我是希望可以天下太平地拚命工作，度過這一天，只是……

「然後啊然後啊！最近我女兒在練習烹飪各式各樣的菜色，然後做給我吃！……你聽了可別嚇到啊，她做的菜啊，全都是國王帝王將軍好吃！」

「是這樣啊？那真是國王帝王將軍讚啊。」

下午一點，散發老人味的大叔大談愛女，粉碎了我的太平。

最近他來的頻率是減少了，但來了以後的麻煩程度不是以前所能相比。

而且店裡還形成了一種默契，大叔來就是由我去應付，實在很過分。

「我說啊，我女兒真的是太喜歡我了，傷腦筋耶～～！下廚也是……來來來，你看你看！噔噔～～！」

推定年齡超過四十歲的大叔喊著：「噔噔～～！」把頭往我伸過來，這是要我怎麼做？

話雖如此，大叔絕對不是希望我凝視他那逐漸變成火災後荒野的頭。

「……這頂帽子怎麼了嗎？」

大叔秀給我看的，是一頂有帽簷的帽子。

看來他似乎相當中意，進店裡以後仍一直戴著。

「前陣子我女兒心浮氣躁，很寶貝地拿著一個袋子，我就問：『妳拿的是什麼喲～～？』請她給我看一下，結果就是這帽子！」

「……這帽子真帥氣。」

嗯，款式非常好，尤其是作為重點的英文字母「J」。

我想大叔的名字一定是叫承太郎、仗助或仗世文吧。（註：承太郎、仗助、仗世文與花灑的羅馬拼音都是J開頭）

「我就說吧～～？我今天就是為了拿這個給你看，還請了特休呢！」

我認為每個人都可以自由決定特休要怎麼用，但用在這種事情上真的好嗎？

「昨天啊，我問了以後，女兒就滿臉通紅地說：『是、是要送給爸爸的禮物！真的，是要送給爸爸的禮物！』害我差點蒙主恩召了啊！」

是喔～～這就是山茶花在購物中心買的帽子啊？

嗯，果然是要送給父親的禮物沒錯！我猜得完全正確！耶比～～！

「可是，不知道她是不是還想隱瞞，東西交給我之後垂頭喪氣地說：『唉……搞砸了……』她沮喪的樣子好可愛耶～～！害我差點蒙主恩召了啊！」

你也太容易差點蒙主恩召了吧！

不過，山茶花垂頭喪氣的沮喪模樣啊……的確，想像起來就覺得非常可愛。

可是，為什麼？不可思議的是，隨後浮現出來的卻是我遭到虐殺的景象。

「所以我忍不住對她說：『下次爸爸去買妳喜歡的東西給妳！我們一起出門吧！』啊！這本來要保密的，我卻講出來了！哎呀☆」

說著說著都跑到店門口去了呢！哎呀☆

「唉～～！竟然要父女倆一起出門……叔叔我好煩惱要穿什麼才好啊～～！」

你是要去約會的少女嗎？

「我可以這麼幸福嗎～～？總覺得之後會從天堂摔進地獄！……開玩笑的，這種事情絕對不可能發——」

「就是啊！這種事情，絕對……絕～～對！不可能發生！」

「唔哇！如月，你是怎麼啦？突然喊那麼大聲……」

「……咳。失禮了。我是想說對一些無謂的旗就要趁早撲滅……」

「怎麼～～？你是在擔心我～～？你還是一樣那麼善良啊～～！可是，你可別因為我女兒跟你同校，就對她出手啊……話雖如此，我女兒滿腦子只想著我，你根本就沒勝算啦！哈哈哈！」

「您說得對！我的勝算是萬中無一！哈哈哈！」

山茶花的戀父情結也真的是令人傷腦筋啊！哈哈……唉～～……

「哎呀！那我差不多要回去啦！今天也有我女兒還在練習煎的茼蒿高湯煎蛋卷在等著我啊！如月，麻煩你結帳！」

「好的，請稍等一下。」

＊

我幫真山大叔結完帳後，這次真的開始太平地打工。

我朝店裡的時鐘一瞥，看見時刻是下午六點。

也就是說，正是Pansy她們差不多要前往卡拉ＯＫ的時候。

根據昨天聽翌檜提到的情形，說是今天她們各自忙完在校內的事情後，就要「五個人」一起去唱卡拉ＯＫ。順便說一下，最後一個是姊姊。

要是沒有姊姊一起，她們這樣倒是會讓我莞爾啊……

算了，沒關係。就死了這條心，別再想無謂的事，好好工作吧。正好有客人上門了。

「歡迎光……呃！你、你是……」

啥～～～！為什麼這小子會跑來我們炸肉串店啦！

「這裡的店員是怎樣？一看到別人的臉就突然……嗯？記得你是……」

上門的是一個男生。他是個有著一九〇公分高得可以的身高、鍛鍊得不知道在壯什麼的體格，以及好萊塢明星般的面孔的型男。

唐菖蒲高中二年級，棒球隊隊員，通稱「小風」的他，本名是……

「你是特正……北風……吧？」

「你是，如月雨露……沒錯吧。」

「你為什麼會跑來我們店裡啦？」

明明是在工作中，我卻忍不住說出毫不掩飾敵意的話。

這也不能怪我。畢竟這小子就是以前跟我拚了個難分難解的葉月保雄——通稱「水管」——的好朋友。

坦白說，事情鬧成這樣，我根本再也不想和唐菖蒲高中的人扯上關係……

「以前我聽水管說西木蔦高中附近有一家很好吃的炸肉串店，所以有了興趣，也就過來看看，有什麼問題嗎？」

嘖！特正比我高，這也無可奈何，但我就是覺得被他看低了……

「……你不知道水管跟我之間有過什麼過節嗎？」

「哼。你和水管的事情我是聽說了，那又怎麼樣？這問題跟我無關。」

是啦，話是這麼說沒錯啦……該怎麼說，這小子說話口氣就是讓人聽了不爽。

這個人本來體格就高大，充滿壓迫感，偏偏配上這種自尊心結晶似的說話口氣。即使不管他和水管或小桑的關係，我還是討厭這小子。

「別說這麼多了，帶位吧，我可是客人。」

有～～～夠火大！我超討厭這小子！

就算你長得帥又運動萬能，你會不會太得意忘形了？

「好、好的……」

「你那是什麼表情？我說了什麼惹你不高興的話嗎？」

你的存在就讓我不高興。

「沒有，沒這回事。這邊請。」

可是不管多麼火大，我在立場和體能上都居下風，自然不能把怒氣爆發在特正身上，只能乖乖帶位。

「這是水跟濕毛巾……決定要點什麼的話請再叫我們服務人員。」

幫特正帶位之後，我盡店員最基本的禮貌，然後立刻轉身。

但願他可以找除了我以外的店員點菜。所以呢，我就趕快……

「那麼我先失陪——」

「慢著，在這之前，我有事情想問你。」

「是喔……是什麼事情呢？」

「這間店，西木蔦高中棒球校隊的人也常來嗎？」

「為什麼要問這種事情？」

「不要用問題回答問題。趕快回答我。」

這是對人問問題的態度嗎！

我偏要計較，就算你的水喝完，在你開口前我也絕對不幫你補！

「不，也不是那麼頻繁上門……」

「……喔，也就是說，有時候會來？他們來的頻率如何？三天一次？還是一週一次？」

「這我就實在沒記得那麼清楚了……」

「哼，換作是我，保證會記得。」

那你就來工作，自己數個高興啊，白痴。

「這、這真是非常……失禮了……」

唔嘰嘰……！我太生氣，搞得連道歉要說的話都說得不倫不類，但我還是要忍耐啊！

哪怕對方是令人火大的型男臭混蛋，客人就是客人！

「不需要道歉。從一開始我就沒抱多少指望。」

沒能達到你的期待，還真是對不起喔！

那可以請您馬上滾回去嗎～～？

「首先，該道歉的明明是我。」

啥啊～～！這個人在講什麼鬼話啊？

「因為我在你工作時問了不相關的事情，讓你費心了。」

咦？我還以為他又要做出令人不爽的發言，沒想到跑出來的答案卻挺謙虛的。

「也、也還好，這點小事不算什麼。」

「你能這麼說真是太好了……不過，是這樣啊？西木蔦的棒球隊不太常來這裡啊？雖然我本來就沒抱多少指望……但還是很遺憾啊。」

原來你指的是這個啊？我還以為你是指對我的記憶力沒抱什麼指望咧。

「……不管怎麼說，還是多虧你告訴我，感謝。」

該怎麼說，這小子說話實在說得不清不楚。

「呃，以後我會盡量數清楚他們來的頻率。」

在我能力所及的範圍內就是了。雖然我是希望你不要再來了。

「…………你人真好。」

「您說什麼？」

我倒是全力覺得你人很爛……

「我人哪裡好了？」

我不禁忘記用敬語，直接問了回去。

結果特正就有點尷尬地搔了搔後腦杓。

「總覺得我經常做出會惹別人生氣的發言。一對別人說話，往往不是惹人生氣，就是讓人怕我，再不然就是只得到一些含糊的回答……然而，你對我問的問題都回答得很仔細，而且，甚至還答應要幫忙我的要求……」

哎呀，死相啦，沒想到這個人還挺好的嘛。難不成他剛才問的「我說了什麼惹你不高興的話嗎？」那句話，對他自己而言，真的是擔心自己的發言有問題而想問清楚？

只是啦，像那樣問人，根本只會製造誤會啊……

「……不過，要怎麼樣才能和西木蔦高中的棒球隊有交流啊……」

哎，先不說這些，這小子為什麼這麼拘泥於我們學校的棒球隊？

說到這個，之前他來圖書室的時候也說「想參加西木蔦棒球隊的練習」。

我們不同學校，而且比賽也結束了……嗯？難道說……

「……難不成，你是有什麼事要找小桑？」

如果他是因為輸了比賽就圖謀報復，那我就得堂堂正正、光明正大地用偷襲的方法處決他……

「大賀？不，我沒什麼事要找他……也對，如果下次再見到他，是想跟他再來一場打擊練習。」

「啥？打擊練習？」

奇怪？猜錯了。我還以為特正對去年打贏但今年打輸的小桑心懷怨恨……

「今年地區大賽的決賽，大賀投的指叉球實在非常漂亮。之前他一直只投直球，到了最後關頭才趁虛而入，我可完完全全上了他的當。」

「噢……小桑是為了洗刷去年的恥辱才練會了指叉球。他認為只靠直球是不行的。」

「不愧是我最棒的對手。去年的甲子園……不巧我們在中途就被淘汰了，但那時都遇不到比大賀更好的投手。希望今年的甲子園，他們一定要拿下冠軍。我會為他們加油的。」

「加油……你願意支持他們？」

「那當然。今年我會祈禱他們奪冠，明年再期待能和甲子園的冠軍學校比賽。」

「這樣啊……不過小桑他們明年也不會輸就是了。」

「哼，下次我們會贏的。」

等等，不行不行。

一提到小桑，我就忍不住聊上癮，但我還在工作。

「……我差不多要回去工作了，決定好要點的餐之後再叫我。」

「好。不好意思，拉著你陪我閒聊。」

「不會，不用放在心上。」

……原來如此啊。我先入為主地認為這小子討人厭，但是我錯了。

特正說話口氣高高在上，這點是不好，而且他話又講不清楚，容易讓人誤會，但個性並不壞。

反而能對贏過自己的對手給予正當的肯定，是個本性直率的好男兒。

可是啊，既然你是唐菖蒲高中的學生…………你就是我的敵人。

不巧的是，我可沒打算和敵人套交情。

既然你是客人，最低限度的對應我當然會做，但也就只是這樣。

該吃的東西吃一吃就趕快給我消失……

……五分鐘後，我默默地努力工作。

「先生，我幫您加水。」

「好，不好意思。」

客人的水喝完了，所以我迅速補充。

「先生，這是新的濕毛巾。」

「好，不好意思。」

客人的濕毛巾已經變得溫溫的，所以我立刻幫他換上冰冰涼涼的新毛巾。

「不好意思，我決定好要點——」

「好的！請問要點什麼！」

「如月，你來的速度快得非比尋常啊……」

有什麼辦法！因為我希望敵人趕快回去啊！

我只是想好好款待，讓客人心滿意足地回去！

絕對不是因為聽到他稱讚小桑，又說會幫西木蔦高中加油就感謝他，這點請大家千萬不要誤會！

「我要點餐了，飲料就點柳橙汁，然後點個炸肉串拼盤。」

「好的！就點這兩樣嗎？」

「我想想，這間店哪些菜好吃，我不太清——」

「人氣菜色是炸豬肉串、炸帆立貝串、炸鵪鶉蛋串，其中豬肉串和鵪鶉蛋串已經包含在拼盤裡。副餐部分，高中生常點的是腐皮沙拉和炸薯條，我個人推薦的是炸茼蒿串。」

「是、是嗎……多虧你說明得這麼詳細……」

咦？特正怎麼一臉不知所措？

我做了什麼讓他不高興的事嗎？

「那我就加點腐皮沙拉和炸茼蒿串。」

「好的！沙拉有半份跟大份，請問要選哪一種呢？」

「如果除了我以外還有別人一起就好了……但我只有一個人，麻煩給我半份。」

咦？說到這個，的確有一件事令我掛心啊。

「我說啊，特正，我有個問題想問你，可以嗎？」

「嗯？怎麼啦？」

我迅速切換成平輩間的語氣，對特正這麼一問，他就用格外銳利又清秀的眼睛瞪著我。

怎麼看都只像在生氣，可是……這大概就是他預設的視線吧。

「那個，方便說的話再告訴我就好……來西木蔦圖書室幫忙的那些人……」

要是水管他們跑來，我可就為難了……

畢竟他們感情很好，感覺會帶他們來也不奇怪。

「我和他們最近沒怎麼見面。畢竟我就算是暑假也不能不參加棒球隊的練習，水管今年夏天又幾乎都跟沒血緣的雙胞胎妹妹還有月見在一起。」

這是什麼沒血緣妹妹暑假？他到底是有沒有這麼走戀愛喜劇運啦！

怎樣？是搞父母都在海外工作這套！真來這套？

「他的父母在伊斯坦堡工作，平常不在家，所以他小妹很賢慧。」

還真給我來這套！可是，為什麼是伊斯坦堡？

臭水管！明明沒登場卻給我塞了新的設定進來！

可是啊，雖然有血緣，我也有個…………不，還是別去想那個姊姊了。

畢竟昨天我才被她搞得七葷八素，像今天也是一大早就被叫去便利商店跑腿。

……嗯？沒血緣姊妹花加上月見……是不是少了一個人？

「請問，沒有 Cherry 學姊嗎？」

「Cherry 學姊最近都專心在忙學生會的業務。我是沒詳細問發生了什麼事，但水管和 Cherry 學姊的關係似乎有了一些變化。」

畢竟月見和 Cherry 都在那場賭注中對水管表白，然後光榮陣亡了嘛。

說不定 Cherry 就是覺得尷尬，所以在躲水管。

「所以特正你才一個人來啊？我懂了。」

「對。我想說只要來到這裡，說不定蒲……不，沒事。畢竟我也沒幾個會一起來吃飯的朋友。」

嗯？特正好像有話想說，但說到一半又不說了。這「蒲」會是什麼呢？

「這樣啊……看你很受女生歡迎，我還以為你朋友也很多……」

就是會覺得他相當於我們學校的小桑啊。

不管在男生還是女生之間都很受歡迎……

「也對。的確，我很受女生歡迎。」

這小子都不懂得謙虛嗎！雖然是我問的沒錯，但總有比較委婉的說法吧！

「可是，我朋友很少。我能好好說話的對象，差不多就只有棒球隊的人還有水管。」

咦？這可想不到……不對，慢著……

「我這個人，似乎就是有著會讓人害怕的傾向……」

就是說啊～～！這只是我的推想，問題大概就是出在他這種會讓誤會更加誤會的個性上，導致旁人都會躲著他。像我一開始也覺得這小子很討人厭。

「那麼，只要跟女生好好來往不就好了？你在女生之間很受歡迎吧？」

「我很不會應付女生，大部分女生都是一來到我身邊就變得太聒噪……就這點而言，Cherry 學姊還有三色院同學就不一樣，幫了我大忙。應該是從國中就認識的緣故吧。」

不，她們只是沒把你當成有興趣的異性看待。

話說回來，不會應付女人啊～～這到底又是為什麼……

「在我眼裡，幾乎所有女人都只像埴輪（註：日本古墳出土的陶器，一般最廣為人知的是面無表情的人偶），再也沒有什麼東西比吵鬧的埴輪更可怕了吧？」

你給我去一趟眼科，你的眼睛遠比你講的東西可怕多了。

「不管是朋友還是情人，最重要的還是內在，還有價值觀要跟自己一致啊。我身邊那些男生經常針對女生的胸部說三道四，簡直愚不可及。那種東西，不過是整團脂肪罷了。」

特正大概是很少有機會跟人說話，覺得寂寞，一開口就變得很饒舌。

但他似乎沒察覺到自己說話的對象正是愚不可及之輩的代言人。

「這樣啊……我知道了。那你等一下，我馬上把你點的菜端來。」

「唔，我一個人閒得發慌，多虧你陪我。打工要加油。」

真是個語氣很高姿態，貼心程度卻太過專業級而令人傷腦筋的人……

之後我去找我的同班同學兼打工處的店長小椿也就是洋木茅春，告知特正點的菜，就看到她心情大好地雙手握拳喊著：「那種東西，不過是整團脂肪罷了呢！」所以我想在座位上的談話她全都聽見了。

*

三十分鐘後，尖峰時段漸漸來臨，我在愈來愈擁擠的店內工作，結果……

「嗨，花灑！你有沒有好好工作啊！」

「喔，小桑！」

來到店裡的，是我的好朋友小桑——大賀太陽。由於棒球隊順利打進甲子園，最近他應該整天都在參加棒球隊的練習，所以大概是練完回家的路上順道過來的。

「哈哈！看你這樣子，似乎是有好好工作啊！我們彼此加油吧！」

「嗯，是啊！」

我和小桑用拳頭互碰，相視大笑。

畢竟今年的地區大賽決賽因為種種緣故，讓我完全沒能替他加油。

我打算甲子園一定要全力替他加油。

為此，我現在更要努力打工！

「呃，你一個人來嗎？」

「不，還有兩個人跟我一起來！」

這樣的話，一共是三位啊。是跟棒球隊的誰一起來的嗎？

「來啦，芝！趕快進來！」

「好、好……」

唔！真沒想到小桑竟然會帶這傢伙來……

小桑招招手後，走進店內的是個男生，有著一七四公分的身高，以及和小桑一樣精壯得引人注目的體格……是西木蔦高中棒球校隊的芝。

我從國中就認識他，可是……坦白說，我跟芝交情並不好。

「我都沒幫你們好好介紹過吧？他是我的搭檔芝，在我們棒球隊擔任捕手！芝，我們都讀同一間國中，所以我想你也認識，他就是我的好朋友花灑！」

小桑，你滿臉笑容幫我們引見，我是很感謝啦，但實在非常尷尬。

畢竟我和芝在國中時代就吵過一架啊。

現在怎樣我是不知道，但當時芝很討厭小桑，暗中造謠中傷小桑。

我碰巧在廁所聽到他說這些，不由得火大起來，對他說了很多重話……

所幸芝立刻退讓了，並未發展成物理上的爭執，但從那次之後，我和芝的關係就變得非常尷尬。

「歡、歡迎你來啊，請多指教了……芝同學。」

「嗯。那個……請多指教，如月同學。」

你看看我們有多尷尬！我們還互相用「同學」稱呼咧！

「芝和花灑的表情都太僵啦！我不知道你們以前是不是有過什麼問題，但現在就別放在心上，好好相處吧！」

你還是一樣那麼敏銳！

聽你的口氣，根本就像知道我和芝有過爭執嘛！

呃～可是啊……這樣對小桑是過意不去，但我跟這小子沒這麼簡單就和……

「也、也對！不好意思啊，如月，對你態度怪怪的。呃……可以叫你花灑嗎？」

芝這小子，馬上就想跟我和好，爭取自己在小桑心中的分數嗎！

唔！我又怎麼能認輸！

「好啊！叫我花灑就好。請多指教啦，芝！」

呵，既然決定要做就要做個徹底，這就是我的座右銘。

所以不管對上多麼尷尬的對象，只要做好心理準備，就像這樣輕鬆搞定！

「好！你們兩個也熟了，差不多可以幫我們帶位了嗎？」

「知道了。等等，你說有三個人吧？還有一個是——」

「重、頭、戲、登、場！唔哼哼哼！」

搞什麼，原來弄錯了，是兩位啊？小桑也真粗心耶。

「啊！看如月學長這表情，是因為在意料之外的地方遇見太可愛的我，興奮得按捺不住心中的昂揚——」

「兩位是吧。請坐那邊的座位。」

「唔哼！如月學長真是的！竟然為了想獨占我，就試著支開大賀學長和芝學長……請不要耍這種心機～～！」

這女的實在是太正向思考了吧！我根本沒有一丁點這樣的念頭！

最後進來的女生留著蘑菇鮑伯頭，戴著讓我覺得眼熟的小小紅色髮夾，是在棒球校隊擔任經理的蒲田公英……通稱「蒲公英」。

純就外表而言，她相當可愛，但個性卻是成反比地惡劣。

她對自己的可愛有自覺，而且非常得意忘形，真心認為全世界的男人對她好是理所當然，是個腦漿飛天的女人。

不過她對棒球隊的活動倒是都有好好在做，在一些奇怪的環節上很正經，所以的確是個讓人沒辦法討厭的人啦，只是……

「可是，不可以這樣喔～～！因為我是大家的蒲公英！」

這是兩碼子事。平常的她，基本上就是很煩。

「是這樣嗎？那麼，我衷心盼望能讓大家都看到這位非常美麗的客人優美的模樣，所以不知道能否請您展現您華麗的腳步走出本店，一路去到車站呢？」

「真拿學長沒辦法耶～～！我就忍不住破例為你犧牲一下吧～～！唔哼哼～～！」

很好。她喊著莫名其妙的話，踩著白痴的腳步，走出了店門口。這樣一來，邪氣就清理掉了。

「……等等，為什麼我被趕出去？這可不是害我用走紅毯的心情走過商店街了嗎！」

嘖，給我跑回來啦？妳怎麼不乾脆就這麼回去就好了？

……啊，姑且還是把特正跑來的這件事跟小桑說一聲吧。
畢竟他們認識，而且特正也想見西木蔦高中棒球隊的人。
「對了，小桑，那邊的座位……嗯？」
咦？那小子跑哪去了？明明剛剛還在那裡，現在卻不見了啊。是去上廁所了嗎？
「怎麼啦，花灑？有什麼不對勁嗎？」
「沒有，沒事……對了，為什麼蒲公英也一起來了？」
「蒲公英好像有事要找你！所以我們就一起來了！」
「咦？是這樣喔？」
真的假的？任性白痴女蒲公英有事找我……絕對要拒絕。
「就是這樣！我有點想利用如月學長，所以就一起跑來了！」
原來如此，不是「有事」，而是要「利用」。怎麼想都覺得這人糟透了。
我拒絕的決心更加堅定了。
「唔哼哼！如何啊，如月學長，你想被這麼惹人憐愛的蒲公英利用——」
「那麼我幫各位帶位。這邊請。」
「請聽我說完！如月學長的態度從剛剛就一直很過分！」
夠了，還在別人正前方蹦蹦跳跳，喊著煩人的話。
可是，我不可以生氣。這種時候就應該……

「蒲公英被帶位的模樣絕對很可愛耶～～如果妳可以別抱怨，乖乖就座，想必光靠這樣就會讓很多人心動了耶～～」

「學長死相啦～～！真拿你沒辦法～～！那我就破例讓你帶位吧～～！」

這女的真的有夠好打發的……

我帶小桑他們就座，送上冰水和濕毛巾後，就去忙著整理其他桌與接待客人。然後，當我悄悄聽著小桑他們的談話……

「芝，小椿炸的肉串每一種都好吃，但我最推薦的還是帆立貝！」

「知道了。既然小桑這麼說，我會吃吃看。」

小桑還是一樣很喜歡炸帆立貝串啊。

上次決賽打完後明明吃了那麼多，現在卻還要點。

「還有……應該就是炸串拼盤吧！啊，糟糕！不可以都是我決定啊！芝和蒲公英如果有什麼想點的，儘管說出來！」

「也對，我想點點看這個炸杏鮑菇串。」

從他們兩個現在的情形看來，國中時代一直討厭小桑的芝……現在並不討厭他……反而還很要好吧。嗯，那太好了。

「我不敢吃青椒，所以點個別的……啊！對了！我想到好主意了！我就破例讓如月學長決定吧！畢竟這也可以用作利用他的藉口！」

讓我決定喔？這提議可真令人高興，雖然絕對沒辦法用來當藉口啦。

「如月學長！你可愛又惹人憐愛的蒲公英在呼喚你喔～～！唔哼！唔哼唔哼哼！唔哼～～！」

「蒲公英，我覺得妳不必坐著做出那些怪動作，花灑也會來……」

……蒲公英那丫頭，又要給我找事做……唉，好麻煩……

可是不去就會更麻煩，所以還是非去不可啊……

所以呢，我暗自厭煩地嘆氣，仍然走向小桑他們的座位。

「啊，來了！唔哼哼！學長應該明白吧？」

「嗯，我明白……所以，你們要點什麼？」

「麻煩給我們帆立貝和杏鮑菇各三串，還有炸串拼盤三人份！」

「……就點這些嗎？」

「唔哼哼！如月學長，這是你的大大大好機會喔！我就破例讓你為我點一串炸串——」

「我就追加一串炸青椒吧。」

「咦唷！為什麼好死不死偏偏選這個？」

因為有個白痴剛才用大得離譜的音量講出自己討厭吃什麼啊。

「如、如月學長，要不要換別種炸串？你想想，這麼可愛又惹人憐愛的我，就是開在棒球隊這片荒野裡的一朵花，要是我露出苦澀的表情，大賀學長和芝學長會很受打擊……」

「不用擔心我！就算蒲公英露出怪表情，我也不會放在心上！」

「蒲公英，妳是個很靠得住的經理，但我可沒認為妳是開在荒野的一朵花喔。」

「哭哭！」

我還是第一次在現實世界看到有人真心喊：「哭哭！」

不過，就是那樣吧。以前我就聽說棒球隊裡充滿了喜愛蒲公英的棉毛粉，但小桑和芝大概是例外吧。

「好！就點這些！麻煩你啦，花灑！」

「好，知道了。」

「那個，請取消青椒！我要求取消青椒！」

「別客氣啊，蒲公英。炸青椒這串，就破例由我請客吧。」

「不、不是，就算我的份給如月學長請是理所當然，但這炸串……」

我請客是理所當然喔？我絕對不幫妳取消青椒。

*

「小椿，點菜單我放這邊。」

「嗯，知道了呢……對了，我覺得剛剛好像聽到小桑說話的聲音，他來了嗎？」

「對，小桑、跟他一樣參加棒球隊的芝，還有球隊經理蒲公英都一起來了。」

「這樣啊？那炸串炸好之後就由我端去呢。我也想打聲招呼。」

「知道了……啊，對了，小椿，垃圾有點多了，我拿去後門丟一下。」

「謝謝，麻煩你了呢。」

「小事一樁。」

我從垃圾桶迅速拿出垃圾袋，用力綁緊。

剛開始打工時，我有點怕這件事，但現在已經習慣了。

我以熟練的動作從後門走向丟垃圾的地方，丟完垃圾後……

「唔哼哼！就等你來呢，如月學長！」

一個新加入的垃圾正以滿面笑容等著我。

但這沒什麼好驚訝的，畢竟我就是被她叫出來的。

「竟然可以把我的『肢體語言』解讀得體無完膚，如月學長你真的長進了耶！」

「不就是妳在地區大賽前硬要跑來教我的嗎？只是當初我沒想到竟然會在我打工的時候用來告訴我：『等點完餐就到後門一趟。』」

所以我在去小桑他們那一桌之前才會那麼想。

——雖然麻煩，可是不去就會更麻煩，所以還是非去不可啊……

「棉棉肢體語言信號不管什麼時候都可以派上用場！這不是很美妙的經驗嗎？」

「也是啦，我有過美好的經驗，也乖乖來了，這樣行了吧？那麼，辛苦了！」

「好的～～！學長辛苦了！……不對啦！請等一下！就說我是想利用如月學長了！」

「憑這種台詞，我怎麼可能就停下來等妳……那我走啦。」

「想得美！唔哼～～！」

嘖，她以飛快的動作繞到我身前，攤開雙手不讓我過。

「我說啊，蒲公英，我現在可是在打工，所以有什麼事情下次再說。我就是為了跟妳說這句話，才特地拿要丟垃圾的藉口來到後門。」

「這我當然知道！所以，我打算在不妨礙如月學長工作的範圍內利用學長！唔哼！」

以現在進行式妨礙我的人講這什麼鬼話啊？

真要說起來，上次妳來拜託我時，自己的下場明明就搞得很慘吧。

她先前扯出「我想撮合小桑和 Pansy 變成男女朋友」這種漫天大謊，把我利用得一場糊塗，最終卻被我看穿謊言而哭著逃走，為什麼還是學不乖？這讓我滿心不可思議。

「——所以，請如月學長幫忙！」

「我倒是一點也聽不懂為什麼耶。」

不巧的是，我可沒達到可以只透過「——」這個符號就懂得發言所有內容的領域。

「唉……如月學長本來就遲鈍，我是有料到啦……真沒辦法，我就破例仔細解釋吧！」

讓她來評的話，全國九成男性大概都算是遲鈍吧。

「今天我本來就是為了利用如月學長才好心過來一趟……」

給我從換個起點開始做起。

「說起來，妳真以為我會這麼容易就被妳利用？」

「唔哼哼哼！也是啦，換作是平常的如月學長，不交個一張劇照出去大概是沒辦法利用，可是今天一定可以！」

平常的我好廉價！而且我覺得沒辦法否認的自己好沒出息！

「我就姑且聽聽理由吧。」

「簡單！因為如月學長欠我人情！現在就請學長還我這份人情！」

這個白痴一臉跩樣講什麼鬼話？

「啥啊！欠妳人情？哪來……」

「我……準備了很多髮夾，沒錯吧？」

「唔唔！」

不妙……她極為難得地講出了有道理的話……

「前幾天的地區大賽決賽……如月學長在和葉月學長的對決過程中，跟我借了大量的髮夾，沒錯吧～～？而、且、啊，連預備的份都借了！要不是有那些髮夾，不知道贏的會是哪一邊耶～～如月學長是多虧誰才贏的呢～～？唔哼哼！」

煩死啦～～～～～～！雖然是事實，但是她超煩啦～～～～～～！

「……嘖！妳要怎樣啦？」

「別急別急，請學長不要露出那麼不安的表情，因為我要拜託學長的事很簡單！」

「很簡單？」

這想也知道不會是什麼好事吧……

「是！其實呢，我在進行棒球隊活動時，遇到一個困難，所以希望學長幫助我解決這個困難！」

「既然是棒球隊的事情，去找小桑或芝商量比較好吧？」

「真受不了……說到這個地步還不懂，學長真的很不機靈……」

誰管妳啊。妳太小看這世界了。

妳聽好了，人為了溝通一件事而付出２００％的努力，也只能傳達出70％。

不要以為簡單講幾句就誰都聽得懂，白痴。

「我要拜託學長的，其實就是有關他們兩位的事啦～～！再這樣下去，他們兩位將會陷入非常危險的狀態！」

難不成，他們受了傷？卻還為了甲子園拚命練球！

芝我是不知道，但小桑就很有可能這樣……！

所以她是站在球隊經理的立場想解決這件事，才來找我商量？

「喂！難道他們兩個受傷——」

「學長終於懂了嗎！就是這樣！棒球隊裡就只有他們兩位莫名沒變成棉毛粉，這就是他們心中受到的重創！」

那可真嚴重，連怪醫黑傑克都沒轍。

「如月學長，請你想像一下！想像難得打進甲子園這個亮麗的舞台，卻只有他們兩位不為我心動的情形！光是這樣，就會發生多大的悲劇！」

喜劇之女做出了我難以理解的發言，這該如何是好？

「這件事是我幫忙就能解決的嗎？」

「是！昨天我拚命地想！想著要怎麼做，大賀學長和芝學長才會變得不能不愛我……我一個人在房間裡鼓起臉頰，抱頭苦思。光是看到我這樣，這世上的八成男性就會無法不來拯救我，相信這麼說並不為過。」

過了。壓倒性地過頭了。

「然後，我就想到了好主意！想到要如何才能讓他們兩位變成棉毛粉！」

「例如要我去說服小桑他們？」

「才不是～～！如月學長明明就只像個塞在牙縫裡的菜渣嘛～～！」

換句話說，妳就是個想利用菜渣的渣女，這樣妳ＯＫ嗎？

「簡單來說，就是不經意從第三者口中聽到蒲公英實在太天使的令人意外的另一面大作戰！」

「妳本來就已經是意外性的結晶了耶。」

「也是啦，相信對如月學長這種首席棉毛粉來說，應該就是這樣。」

給我等一下！我幾時、為什麼，變成棉毛粉首席了！

「可是，他們兩位不一樣！所以我希望如月學長把我意外又迷人得過火的一面告訴大賀學長和芝學長！這樣一來……唔哼！唔哼哼！」

我實在是覺得說了也不會有任何改變啊。

為什麼這女的就是能閉上眼睛，一臉陶醉的表情呢？

「攻略完他們兩位之後的未來……啊啊！我看見了！看見棒球隊的各位在甲子園團結一心，跳起擁戴我的棉棉舞！」

原來有這種舞喔？我不希望他們跳，所以有夠不想幫忙的。

「可是啊，我又不知道該對他們兩個說什麼才好。」

「這點請學長不用擔心！只要用了這個，如月學長的問題馬上就能解決！」

只會為我帶來擔心的蒲公英自信滿滿地從口袋裡拿出一樣東西。

那是以前她也曾交給我的……含麥克風的耳機。

等等，這該不會是要我……

「來，準備好了嗎，如月中士？」

「收、收到……蒲公英司令。」

真沒想到，我竟然會再次搞起這玩意兒……

＊

『聽得見嗎，如月中士？完畢。』

打工時，耳邊傳來蒲公英司令的聲音。

後來我們兩個人從後門進入店內，司令在裡頭待命，中士衝進戰場。

我姑且還是告訴她這忙我幫是會幫，但還是得以工作為優先，所以只有有空的時候能幫，也得到了她的認同，所以看來司令還是有著最低限度的明理。

我朝目標瞥了一眼，正好小椿端炸串去給他們。

『聽得見嗎，如月中士？完畢。』

「聽得見。完畢。」

『我的聲音是不是讓你滿滿的性慾無處發洩？完畢。』

「不要緊，沒有問題。完畢。」

『那麼，任務開始。完畢。』

「了解……唉，就去吧……」

真的好沒力……為什麼偏偏是我得特地搞這種……啊，在去小桑他們那桌之前，得先去收拾其他桌。

『中士，你差不多空出手來了吧？完畢。』

「下官正在執行最優先任務。完畢。」

好，那接下來就去幫客人點餐……

『中士，你差不多空出手來了吧？完畢。』

「下官正在執行最優先任務。完畢。」

也催得太急了。真希望司令可以多培養一點忍耐的習慣。

所以呢，我整理完餐桌，也確認完其他客人點的餐之後，終於前往司令的目標，也就是小桑和芝那一桌。

「啊，花灑，謝謝你幫忙丟垃圾。只是以丟垃圾來說，似乎多花了點時間。是不是發生什麼事情了呢？」

最先對我說話的，是站在小桑他們桌旁的小椿。

應該就如她先前所說，是在端菜上桌後簡單打個招呼。

嗯～～這種時候，還是先找些藉口搪塞……

『告訴她你是因為遇到了理想的天使，導致性慾爆發。完畢。』

妳真以為這樣講就能蒙混過關？

「……我、我遇到理想的天使，導致性……有點看傻了眼……」

我是一邊聽指令一般發言，所以會有「……」這種微妙的停頓，還請見諒。

「是喔……真是苦了你。」

嗯，小椿的眼神馬上變得有夠犀利的。

現階段我就已經被懷疑到翻過去了吧。

「你這耳機是什麼呢？」

『是長了……』

「是長了又長的耳毛。」

『了不起，中士！竟然在我發出指令之前就發言，你長進了！』

司令似乎也心滿意足，真是再好不過。

小椿那麼敏銳，聽我剛剛的發言，應該就會發現我在為難……

「……哦～～是喔？我明白了呢。」

竟然無視！不，這種時候妳應該追問下去才對吧！

「那我回廚房去了呢。小桑，芝同學，你們慢用。」

「好！謝啦，小椿！」

「謝謝妳，小椿。」

真的就這樣回去了！不要走啊！

『唔哼哼……這樣一來，礙事的人也消失了……啊，咳。那麼，現在開始進行大賀與芝的籠絡任務。雖說成功率是３００％，但你可別大意啊。完畢。』

妳這自信的產地是哪裡啊？

『那麼，找他們說話。第一句話是，聽說蒲公英平常在棒球隊很活躍呢。』

就算是事實，我覺得自己講這種話還是不太對勁。

「……小桑、芝，聽說蒲公英平常在棒球隊很活躍呢。」

「喔！花灑你怎麼啦，突然講起這個？」

「沒、沒有啦……」

『說你想趁當事人不在的時候，把愛戀、心痛又堅強的天使的事告訴他們。』

妳是哪裡冒出來的篠原涼子啦。

「……我想趁本人不在的時候，跟你們談談愛戀、心痛又堅強的蒲公英……」

「蒲公英？這個嘛～～她平常參加社團活動就很努力，原來還有其他事情？不過，花灑竟然會知道這樣的事，還真讓我想不到啊！你們很熟吧！」

我不知道，跟她也不熟，只是她本人擅自要強迫推銷而已。

「是啊，蒲公英剛加入社團時不太了解棒球，但很認真學習，就像小桑說的，現在已經變成一個可靠的經理……不過還有其他事情嗎？」

『唔嘿嘿嘿嘿！我就說吧！我就說吧！我……咳。』

司令，妳會不會太不遮掩了？
『問他們，再加上她那麼漂亮，根本讓人下體管不住吧。』
剛才要我暗中告訴他們的妳令人意外的一面，現在是變成怎樣了？
這個下流司令還是老樣子，也太擅長迷失目標了。
「……再、再加上她那麼漂亮，根本讓人下……讓人心動吧？」
「不，這倒是不用擔心！蒲公英是很漂亮，但我不愛那一味！」
「我在這方面也不用擔心。她常常打壞主意卻又失敗，所以這方面的印象反而比較強，讓我怎麼樣都沒辦法把她當女生看待……」
司令，先別講什麼籠絡不籠絡，您老那些沒救的圖謀都洩漏光了，這樣不要緊嗎？
『告訴他們我不是打壞主意，是每天憂心棒球隊的事情，想得胸口作痛。』
完全沒在反省！不，她甚至沒發現圖謀即將失敗！
「……不，她不是打壞主意，是憂心棒球隊的事情，想得胸口作痛。」
「是這樣喔？可是她會在社團活動時間拿五圓硬幣給我們看，說什麼：『你會變成棉毛粉～～！你會變成棉毛粉～～！……棉棉棉！』結果自己中了自己的催眠術。再不然就是洗球衣的時候說什麼：『唔哼哼！只要把我特製的一見鍾情藥泡進球衣裡……哈嗚！棉棉棉！』結果自己中了自己的一見鍾情藥，跳起了棉棉舞耶。」
也太會棉棉了。

而且小桑，原來你知道棉棉舞……

『中士！達成籠絡目標已經近在眼前了！』

是啊，差不多縮短到了日本與巴西之間的距離。

「我說小桑，說到蒲公英，她會不會去太久了？她說是去上洗手間……」

「對喔，還真的有點久～她再不趕快來，炸串都要涼了……囌囌。」

司令，趕快回來，小桑的口水都流出來啦。

他已經滿臉想吃炸串想得不得了的表情。

『告訴他們，你剛剛在洗手間前面碰到偉大的大天使時，她說大概會花很久的時間才回去，請他們先吃沒關係。』

啊，這裡倒是會客氣啊？沒想到司令還挺善良的。

「……剛才我在洗手間前面碰到蒲公英的時候，她說大概會很久才回來，所以請你們先吃沒關係。」

「這樣啊！那我們就不客氣了！嘿嘿！蒲公英大概正在廁所撇一條很生龍活虎的玩意兒啊！」

『咦唷？咦唷喔喔喔喔？』

生龍活虎司令，妳冷靜點。

『糾正他們說大家的偶像蒲公英才不會拉出生龍活虎的便便！是可愛的便便！』

到頭來還不是在便便？先給我糾正這裡才對吧，這裡。根本就沒資格當偶像嘛。
而且還有其他客人在用餐，我哪講得出「便便」這兩字。
「原來她忍著那麼生龍活虎的玩意兒啊……真是過意不去……」
『唔咿～～！才沒有生龍活虎！是非常可愛——』
『這位同學，妳在這裡做什麼？』
咦？怎麼耳機傳來生龍活虎司令以外的嗓音……
『咦唷？那個……呃……』
『花灑一直怪怪的，我就想說大概有什麼問題，看來原因就是妳呢。』
是小椿！她果然察覺到了！
而且她不是找我問清楚，而是直接去消滅元凶！
小椿果然好靠得住啊！
『那、那個……啊！對了！我想到了！』
她似乎無法察覺到光是講出「想到」這個說法就已經出局了。
『我只是在小小撇一下可愛的便便，請放過我！唔哼！』
哪有可能放過妳！是要怎麼想到什麼鬼點子才會變成這樣！
有哪個世界的店長會放過在後門撇出可愛便便的客人？
『哦～～……那妳手上的智慧型手機是怎麼回事？』

『是折疊式行動馬桶。』

這句話也說得太沒有遲疑了！哪可能這樣就搪塞過去！

『中士！發生緊急事態了！我被荒野淑女發現了！立刻來救援——』

蒲公英，這不妙啊！對小椿提起胸部話題可就……

『這位同學，妳剛剛說了什麼？那種整團的脂肪根本不重要呢。』

脂肪旗標成立！

『咦唷喔喔喔！妳、妳這般若似的表情是怎樣啊？』

『是妳多心了呢。眼前為了處罰妳妨礙他工作，我就要妳……』

『如、如月學長，救——』

啊，通話斷了。

雖然只是推測，但多半就是被荒野……咳，被小椿幹掉了吧。蒲公英，別放在心上。

「啊，花灑，怎麼了？你要不要也吃點炸串？」

「不，我在工作，不用了。那麼，小桑、芝，你們慢用。」

「好啊！話說回來，蒲公英真的好慢啊～～！」

「大概正在展開一場鉅力萬鈞的戰鬥吧。等她回來，我們就溫暖地迎接她吧。」

也好，這也沒說錯。

相信現在小椿正對她施加鉅力萬鈞的處罰。

＊

「咿！咿！好可怕……真的好可怕……」

三十分鐘後，生龍活虎蒲公英帶著心中被刻下的對小椿的恐懼，哭哭啼啼地回來了。

順便說一下，我是經過廚房才知道，蒲公英在小椿一頓狂風巨浪般的訓話過後，被罰洗盤子洗個沒完沒了。至於說當時是什麼情形……

『嗚嗚……為什麼這麼可愛的我卻要來洗碗……既然這樣，看我找機會溜走……咿唷！為什麼我眼前會突然出現竹籤？』

『妳要跑也行，是不是想變成刺蝟呢？』

『萬萬不敢！我會乖乖洗盤子的——』

『希望妳動手，不是動口呢。還有很多很多盤子，趕快洗完喔。』

『咦？還有很多很多！可是，我已經洗了這大量的……』

『哦……妳有意見啊？那還是把妳變成刺蝟……』

『沒有～～～～！完全沒有！一點～～兒也沒有！』

『妳好乖。那再加五十個……不，就破例再加一百個盤子吧。加油喔。』

『咿～～～～！如月學長，救命啊～～！』

……有夠可怕的……

連我都下定決心以後千萬不可以惹火小椿了……

「蒲公英，妳還好嗎？那個……是不是有很多難言之隱？」

小桑好善良啊。看到蒲公英沒精神，就擔心起她了。

只是啊，小桑，你說這話是認為她上廁所上得很辛苦吧？

算了，沒關係，只要告訴他蒲公英是洗碗洗得很辛苦，誤會馬上就會解開了吧。

「……咿！好辛苦……要洗的東西綿延不絕地冒出來……」

「……妳說……大條的綿延不絕地冒出來……？這、這可不得了啊……」

啊，發生奇蹟了。發生了把「要洗的東西」聽成「撇大條」的奇蹟。（註：「要洗的東西（洗いもの）」和「撇大條（荒いもの）」日文讀音相同）

「就是這樣……從大的到小的，五花八門，也有黏黏的。尤其嚴重的是要剩不剩的那種！害我還特地用手抓起來丟掉！」

「五花八門？黏黏的？用手抓起來丟掉？妳、妳到底丟到哪裡去了？」

「當然是垃圾桶啊！大賀學長，你問這什麼想也知道的問題啊？」

就是啊，客人吃剩的菜也只能丟進垃圾桶嘛。

「這是想也知道的嗎！……呃，我覺得還是別丟進垃圾桶，確實沖掉比較好……」

「不行！沖下去不就會卡住嗎！」

是指水管，不是馬桶喔。

「蒲公英……妳到底是生出了多大一條森蚺（註：體型巨大的無毒蛇）啦……」

「才不是森蚺這種東西可以比的！那是……是神開天闢地之際創造出來，人稱最強生物的魔鬼……沒錯！簡直就像巨獸利維坦！」

是指小椿吧。剛剛她的確很可怕。

蒲公英，妳也差不多該發現你們在雞同鴨講了吧。

畢竟妳現在可是名符其實地開始走上糞女主角之道了啊。

「利、利維坦……！不過，總之辛苦妳啦！炸串我們一起吃吧！」

「……好的。嚼嚼…………哇啊啊啊！這炸串，好好吃喔！」

一吃炸串，轉眼間就給我恢復精神了。

她果然很好打發。

「嘻嘻！做完工作之後吃的炸串原來這麼好吃啊！」

蒲公英啊，妳要露出這種讓人覺得妳若有尾巴肯定已經在左右甩動的幸福表情吃炸串是無所謂啦，但好歹也看一下小桑和芝的表情，他們根本對妳感到戰慄了。

「原來蒲公英比我想像中還要豪氣多了啊！我對妳另眼相看啦！」

「我也是。剛才還那麼抗拒的青椒也吃得津津有味，該怎麼說……好厲害啊。不知道那些棉毛粉現在是什麼情形。」

「喔喔！雖然不知道為什麼，大賀學長和芝學長都已經對我產生興趣了！既然這樣，就不枉費我一番辛苦！作戰大成功！」

這騷動豈止是大失敗……等等，咦？

有個傢伙正以充滿危險氣息的腳步走向小桑他們這一桌啊。

那個人是……

「唔哼哼！照這樣下去，距離大賀學長還有芝學長被我迷得神魂顛倒，只差──」

「受不了……妳真的都不會變啊……」

是我以為已經回去的特正北風。

該怎麼說，他的表情好誇張啊……

他這可不是整張臉都僵硬起來，以看著髒東西似的眼神瞪著蒲公英嗎……

「……咦？這個聲音是……唔嗯～～～！特、特正學長！」

蒲公英，妳是要失去女生的尊嚴到什麼地步才會滿意？

發出的聲音有夠離譜的。

「好久不見啦，大賀。還有……另一位是捕手芝嗎？」

特正無視這樣的蒲公英，繃著一張撲克臉對小桑和芝說話。

對了，比賽後碰到對戰學校的人是怎樣的情形啊？

看來特正不但不在意，還很想見他們，但不知道小桑和芝……

「對啊！一陣子沒見啦，特正！芝，我想你也知道，他就是唐菖蒲高中的特正啊！」

「是啦……畢竟也比賽過……我說啊，小桑，原來你認識特正？」

「對啊！之前他有來幫忙圖書室的事情。」

「這樣啊。呃、呃……好久不見……」

小桑似乎不怎麼放在心上，但芝則多少顯得尷尬。

就我而言，是覺得芝的反應很正常。畢竟對方是被自己打敗的對手，坦白說就是會尷尬啊。要是我見到水管，大概也會做出像芝這樣的反應吧。

「為什麼特正學長會在這裡！」

「我湊巧來這間店，結果你們就湊巧也來了。」

「怎麼會有這種事！鹽！得趕快灑鹽！」

雖然有一隻白痴對特正討厭得不得了，不過就別在意她了吧。

「蒲公英，妳白痴嗎？想也知道在店內灑鹽這種事根本是在找碴。」

特正說得太有道理，讓我很傷腦筋。而且他們兩個明明應該是同一間國中出身，但從這情形看來……

「妳的腦袋還是一樣傻里傻氣啊，我看跟猴子也差不了多少吧？」

「學長很囉唆！請你趕快走開啦！吱吱～～！」

看這樣子，他們肯定處得不好吧？

「如月學長！現在正是你展現實力的時候！來，趕快驅走這個魔鬼！」

是哪個魔鬼啦？我倒是只看見一隻巨獸利維坦啊……

「蒲公英，妳在店裡太吵鬧，小椿又會生氣，可以請妳小聲點嗎？」

「咿！小椿娘娘會生氣！這可不妙……」

對蒲公英而言，小椿似乎已經成了非加上「娘娘」兩字來尊稱不可的人物啊……

也是啦，被她教訓成那樣，會這樣也是無可奈何吧……

「如月，店裡也愈來愈多人了，我一個人吃又覺得有點無聊，我想跟大賀他們併桌，可以嗎？」

看來特正是想和小桑他們同桌。

畢竟他先前就很關心西木蔦高中棒球隊，應該是有什麼話要跟他們說吧。

「只要小桑他們可以就行啦……倒是特正，你剛剛跑哪去啦？」

「我離開了一下……在洗手間統一精神。」

原來如此。所以這裡有個真正的生龍活虎小子。

「所以，如何？只要大賀你們不覺得有問題，我是想和你們同桌。」

特正基本上就是一張撲克臉，所以很難看懂，但仔細一看，他的視線飄移不定，沒拿東西的手毛躁地動著。大概是在緊張吧。

「我無所謂！畢竟俗話說昨天的敵人就是今天的朋友！我們來多聊聊棒球吧！」

「我、我也……無所謂啊。」
「我不要！這種人，我絕對——」
「多謝。那我就失禮了。」
順利徵得小桑與芝的許可後，特正就在蒲公英旁邊空著的位子坐下。
特正雖然是自己說要併桌，但嘴角卻頻頻顫動。
是有沒有這麼緊張啦。
「唔咻嚕嚕嚕嚕……」
順便說一下，坐在特正隔壁的那個女生正發出奇怪的威嚇聲，不過應該沒關係吧。
多虧特正換了座位，眼前空出了位子，就先帶客人去坐那桌吧。
我多少有點擔心芝就是了……
「——那次犧牲打我可練習了相當久啊！不過，特正的打擊也好厲害啊！除了特正以外，我從來不知道有誰可以這樣一直打到小桑的球！」
「就是啊！輪到特正打擊，我也會比平常更用力！」
「是嗎？你們能這麼說，也就不枉我還特地練習打你的球。」
啊，已經熟起來啦。特正這個人也許朋友很少，又容易被誤會，但只要有「棒球」這個共通的話題，似乎就另當別論。

「大賀，甲子園裡會有比我們更厲害的對手，你可別大意啊。」

「當然！我絕對會拿冠軍回來！」

「你這傢伙真靠得住。我會支持你們，加油啊。」

就是啊，除了奪冠以外的情形都不可以發生。要是沒拿到冠軍，那就只能滅天了。

「就是啊～～！只要拿到冠軍，我的眼淚應該也會變得更燦爛！」

「蒲公英，妳又在打什麼無聊的主意了？反正妳愚蠢的圖謀都會失敗，還是乖乖做妳經理該做的工作就好。」

「唔！這種事跟特正學長根本就沒有關係吧……」

「那又怎麼樣？有哪條規則說沒有關係就不能對有可能妨礙西木蔦高中棒球隊的事情發表意見嗎？」

沒有吧。就我而言，實在不希望棒球隊遇到無謂的麻煩，所以投特正一票。

「說我會妨礙？學長又不知道棒球隊的隊員多虧我才得到多少療癒，請不要亂說話！」

「妳說……棒球隊的隊員被妳療癒？」

特正這時維持一張撲克臉，眉毛卻是一顫。之後表情變得更加僵硬。

「所以，妳都在做些什麼樣的事情，具體說來聽聽啊。」

「我想想～～！像是要在球場灑水時就換上泳裝讓大家養眼，有時候還發劇照給大家看，對表現好的人甚至來個飛吻！如何！厲害吧？唔哼～～！」

「妳不知道所謂的羞恥是什麼東西嗎？這根本已經進入女色狼的領域了。」
有道理！可是，我不討厭女色狼！雖然媽媽和姊姊例外！
「竟、竟然說我是女色狼！你對我這個天使蒲公英，講這什麼話！所以我才討厭特正學長！」
聽到蒲公英的發言，特正的眉毛又是一顫，頻頻顫動的表情也跟著惡化。
他那樣是不是相當生氣？
「我倒是不記得自己做過任何會讓妳討厭的事情。」
「當然有～～！大概從去年夏天開始，特正學長對我就非常壞心眼！我每次潛入唐菖蒲高中，想去見葉月學長，你就跑來礙事，叫我『不要擅自進來』。還有之前好久沒見到葉月學長他們的時候，我嫌櫻原學姊和草見學姊煩，所以想對她們下瀉藥，學長不也跑來礙事嗎！唔哼～～！」
就算退一兆步想，還是妳不對。
「哼，哪有道理說外校的人可以擅自進來？而且，妳以前也曾經想對 Cherry 學姊和月見做一樣的事，結果一個弄錯，反而自己吃到了瀉藥吧。」
為什麼都有過這麼慘的下場卻還完全學不乖，讓我滿心不可思議。
「少、少囉唆！果然特正學長升上高中以後就有夠壞心眼！我們讀同一間國中的時候，學長明明就比較體貼！」

「妳說我體貼？……愛說笑。」

不妙啊！特正的太陽穴都冒出好幾條青筋啦！

啊啊～……工作中太常跑去朋友桌，總覺得不太妥當，可是……

「不、不好意思……店裡還有其他客人，麻煩別吵架啊……好不好？」

「說的也是……不好意思，如月，讓你費心了。」

看來總算是讓特正的怒氣平息下來了。

太好了，只要現在沒發生什麼火上加油的事態……

「耶～～！耶～～！被如月學長罵了，你活該！唔哼哼哼！」

反正我早就想到妳會給我搞飛機了，妳這白痴！

為什麼妳就是這麼容易得寸進尺？特正就會很有禮貌地道歉，多少給我向他看齊！

啊，喂！不要突然站起來躲到我背後！

「來，如月學長，請你多說他幾句！」

嚴格說來，我比較想賞妳腦袋一記拳頭。

「蒲公英……妳似乎很中意如月啊？」

咿咿咿……特正犀利的眼神好可怕啊……

「這是你誤會了。我和她就只是有些事情糾纏不清……對吧，蒲公英？」

「咦？如月學長，你說這是什麼話？」

蒲公英這女的，為什麼一臉愣住的表情看著我？

「我最喜歡如月學長了耶。」

「喔哇！」

這！竟然給我用天真無邪的笑容展開突襲！害我忍不住心動了一……

「畢竟如月學長真的非常好利用，非常方便，而且就算我做出任性的要求，他也會奉陪……他這樣不是人很好嗎？所以，我最喜歡如月學長了！」

給我省略開頭第一句。妳說誰方便啊？誰啊？

「唉……妳為什麼一直在妨礙花灑工作呢？」

嗯？背後傳來一道新的嗓音，這該不會是……

「咦唷！小、小椿娘娘……！」

「希望妳趕快放開花灑，回到座位上安靜呢。妳還想被處罰嗎？」

「萬、萬萬不敢！小女子立刻回去！」

妳是有沒有這麼怕小椿啦。

「嗯，那就原諒妳。還有，妳剛才很努力，所以給妳這個當獎勵呢。」

「唔？要給我什麼……這、這是！是冰淇淋！是香草冰淇淋！」

小椿遞到蒲公英手上的，是我們店裡提供的甜點香草冰淇淋。小椿雖然要她洗碗作為處罰，卻不忘付酬勞，實在是一板一眼。

「謝主隆恩！謝主隆恩啊！」

一份冰淇淋就讓妳膜拜起來啦？

「哇啊～～！好甜好好吃！」

「沒錯吧？我也最喜歡這冰淇淋了呢。來，也有小桑你們的份呢。」

「謝啦，小椿！感謝啊！」

也多虧小椿出來叮嚀，之後特正和蒲公英並未再吵起來，我也就正常地繼續上班了。

還有，順便說一下……

「小椿娘娘是神！我絕不違逆小椿娘娘！今後只要有任何命令，還請娘娘儘管吩咐！」

「嗯。那麼，有什麼事的話我就拜託妳了呢。」

「遵命！小女子必當粉身碎骨以報娘娘！唔哼哼！」

小椿似乎得到了一隻新的手下……

【我的命運並未結束】

晚上八點，我順利打完工，在辦公室慢慢喝著茶悠哉放鬆，智慧型手機就一陣震動。

拿起來一看，是姊姊發了訊息跟照片給我。

『卡拉ＯＫnow。大家都好會唱，超好玩！』

一起傳來的照片上是Pansy她們唱卡拉ＯＫ唱得起勁的開心模樣。

大家果然都好可愛啊～～……把這張照片存起來吧。

『順便告訴你，翌檜的衣服也是我挑的！』

……唔，其他三個人都穿著以前請姊姊幫她們挑的衣服，原來翌檜也是啊？大概是去卡拉ＯＫ之前先去買的吧。

『所以呢，你覺得哪一個穿得最好看？請說感想～～』

「嗯～～……非常難分高下，但照這樣來看，應該是Cosmos吧～～……」

一開始姊姊挑的那種露很多的衣服也很好看，但我忍不住猛烈批判，所以還特地重新挑過了啊。不過，我個人是比較喜歡這一款。

「辛苦了，花灑。今天很累吧？」

「喔哇！是小椿啊！是、是啊！嗯！辛苦了～～！」

我趕緊對姊姊送出訊息，然後不由自主地藏起手機。

呃，其實被看到也沒什麼好為難的……但總是會不好意思嘛。

「怎麼啦，花灑？看你一副色瞇瞇的表情。」

「沒、沒有！沒事！嗯，什麼事都沒有～～！」

「……總覺得很可疑，不過算了，沒關係。」

看來總算是敷衍過去了。那就趕快轉移話題吧！

呃～～話題話題……有了！

「對、對了！小椿，今天妳好早下班啊。」

「嗯。因為明天有個我好期待的行程，就請人幫我代班，我今天就先下班了呢。」

「這、這樣啊……」

唔！本來我看姊姊傳來的照片看得喜孜孜，這下一口氣冷了下來……

話雖如此，這並不是小椿不好。她純粹只是期待明天將在我家進行的活動——流水麵。

我自己對流水麵這件事本身也很期待。

然而，可是……

「花灑，你表情好陰沉喔……難不成，你對明天不期待？」

「是沒這回事……可是啊，小椿妳也知道吧，知道明天誰會來……」

「也對……的確，小桑不來，換成『他們』來，的確讓我嚇一跳呢。」

沒錯，導火線就是今天的打工。小桑之所以會來店裡，來吃炸串固然也是原因之一，但除此之外，他更是要來告訴我們他將缺席流水麵的聚會。

他在今年地區大賽決賽中所用的指叉球尚未完成。

因此，他說要和芝一起練習，達到完美的境界。

於是本來應該由我和小桑一起進行的流水麵準備工作，也就得由我一個人做……如果真是這樣就好了～～……

「蒲公英……還有，特正同學是吧……」

沒錯，就是這個。這才是最大的問題。

小桑跟我說無法參加流水麵活動時，在旁邊聽著的蒲公英突然……

『我沒吃過流水麵！我想試試看！而且明天棒球隊也沒有要練習，請讓我參加！唔哼哼哼！』

對，她突然要求參加。然後接著換特正……

『如月，我來代替大賀幫忙準備流水麵吧，這也是答謝你今天的照顧。當然準備結束後，我會馬上回去，因為要是待太久就會給你添麻煩啊。』

他唐突地如此提議……蒲公英也就算了，特正就大有問題。

這個提議非常令人感謝，而且他本人也說準備完就會馬上回去。但既然來到我家，就有可能會遇見當天要來的 Pansy。

Pansy 曾經告訴我，她在國中時代和水管與 Cherry 等人有過種種瓜葛，結果讓她很厭惡國中時代的同學……而特正就是其中一個。

因此，我本來還想婉拒，可是……

『就算特正同學來，我也沒問題。』

Pansy 以超能力得知了事情，神出鬼沒地傳來了這個訊息。

我擔心她可能是在客氣，於是問她是不是真的不要緊。結果……

『謝謝你擔心我。可是，我沒事的。特正同學和蒲公英在國中時代就是無害的人……而且我覺得真正該擔心的，反而是你自己。』

我本來以為特正也包含在 Pansy 討厭的國中時代朋友之中，而她的回答讓我知道這是誤會，可是她的說法讓我耿耿於懷。

「雖然有點擔心 Pansy，但她自己都說不要緊了，不是嗎？既然這樣，相信她應該就沒問題了呢。Pansy 不是會說謊的人，最清楚這點的應該就是你呢。」

「話是這麼說沒錯啦……」

該怎麼說，我就是有種不祥的預感啊……

而且這已經是每次都有的慣例，我的不祥預感幾乎１００％會應驗。

……不管怎麼說，擔心也無濟於事啊。

「那麼，小椿，我差不多要回去啦。明天見。」

「嗯。明天見呢。」

於是我離開了辦公室，從後門走出去。

「……咦？」

「我等你很久了……花灑。」

我才剛關上店的後門走出去，就看到那兒站著一個男生。

正好就是先前我們談到的人物，特正北風。

我說啊……該怎麼說，你這次會不會太搶戲了？

我還以為你會就這麼不再出現，結果總覺得比小桑還常登場……

「那個，你這樣叫我……」

「朋友不是都叫你『花灑』嗎？所以我也想這麼叫。還有，朋友都叫我『小風』，如果可以，也希望你這樣叫我。」

怪了耶～～這個人，是想透過叫我的綽號來刷存在感嗎～～？

可是你是外校的人，而且做完流水麵的準備工作以後，你的戲分大概就沒了喔。

「好。那以後也請多多指教啦……小風。」

哎，如果有機會見到就好好相處吧。嗯，要是哪天遇到，再請多關照了。

「唔，感謝……還有，其實我有話想跟你說，所以才在這裡等。」

「有話要跟我說？」

討厭啦～～！型男親熱地說有話要說，害花灑小鹿亂撞了啦～～！

「可是既然要找我，在店裡等不就好了嗎？」

「你說這是什麼話？既然吃完飯，想也知道賴著不走會給店裡添麻煩吧。」

就說不用了啦！你不用這樣展現帥氣，反正你根本沒機會挑大梁啦！

「是嗎？那麼，你要說什麼？」

「嗯，關於這件事，在這裡站著說實在過意不去……唔？」

你聽好嘍，如果想挑大梁，最低限度至少也要扯上「那玩意兒」……開玩笑的……啊唷？

啊唷唷！

「正好啊！我們就坐在那邊談談吧！」

等一下。今天我被蒲公英叫出來，從後門前往丟垃圾的地方。

但那個時候並沒有這個東西！這種東西，絕～～～～對不存在！哪兒都沒看到！

現在卻……現在卻……！為什麼現在……………

「呵。這種地方竟然會有長椅，還真是巧啊。」

嘎啊啊啊啊啊啊！為什麼這玩意兒會在後門靜靜地待命啦！是誰放的！

「給、給我出現了……」

慢著！冷靜啊，我！第一學期已經結束！所以，還不一定是那回事……

「啊，呃……首先，可以請你坐在旁邊嗎？」

長椅重返江湖啦～～～～～！即使第一學期結束，長椅竟然還是沒完喔！

「……好、好啊……」

我全身冒著冷汗，聽小風的吩咐，準備在已經坐下的他左側坐下……等等，左邊已經被他坐走啦～～～～！……果然是鐵打不動的「右邊」。

可是，我都乖乖聽話了，小風卻不說下去。

既然這樣，接下來是把頭髮捲著玩嗎？要捲捲捲嗎？……真的是捲捲捲！

「那個……！唔唔……！」

給我有男子氣概一點，明明白白說出來啊！一個型男在那邊忸怩什麼啦！

「其、其實呢……那個……我有個很大的煩惱……」

不要用什麼有很大的煩惱這種含糊的說法！尺寸是多大啦！方舟級嗎？超銀河級嗎？還是說……是天元突破級？

「我這個人雖然看女性都覺得是埴輪，但只有一個人物讓我覺得就像是米羅的維納斯！然後一想到她，我就覺得胸悶，每天都覺得心情昂揚！所以，雖然我覺得這樣很任性，還是硬製造機會來和她說話……」

別慌！畢竟我過去也已經解決了大量大得過火的麻煩！

我要做最壞的打算…………哈哈～～！我猜到啦！

會煩惱也就表示……我看你這小子，喜歡上的是月見或 Cherry 吧！

對方是喜歡水管的女生，而且一直跟他很要好。要對這樣的對象表白心意，的確很需要勇氣吧！這沒什麼，這種程度的煩惱，我應付起來是游刃有餘！

就看我怎麼不和他們扯上關係，卻又給你完美的建議吧！

這樣一來，相信你一定會心滿意足地趕快回去。再給我添無謂的麻煩，我哪受得了！

「花灑……」

小風說著把臉湊了過來。慢慢地，但又確實地接近。

這實實在在是型男墜入情網的表情。小風你真的太帥了，你知道嗎？

而當我們接近到彼此呼出來的氣息都會噴在對方臉上時，小風用力閉起了眼睛。

你把我當誰了！

「我……喜歡花灑的學妹蒲田公英！」

…………啥？這個人剛剛講了有點讓人莫名其妙的話，是我的錯覺嗎？

「蒲田公英？呃，你指的是，綽號蒲公英的……」

「唔！正是。」

不是我的錯覺啊～～～！啥？小風喜歡蒲公英？這是什麼情形啦！

不、不對……可是我要想起過去的情形！

打工的時候，這小子一來到店裡就問棒球隊那些人會不會來這間店。

聽到棒球隊那些人很容易聯想到男生，但有唯一一個例外！就是蒲公英！

而且他跟我說話的時候……

『對。我想說只要來到這裡，說不定蒲……不，沒事。』

他說到一半就不說的「蒲」，竟然是「蒲公英」的「蒲」喔！

難不成他說在廁所統一精神，竟然是真的？

所以他是因為看到蒲公英來了，緊張得一直躲在廁所裡，直到做出和她說話的覺悟才出來喔！

「契機是——」

「是去年棒球隊打進的地區大賽決賽吧？」

「這！你怎麼知道！」

這可能算是所謂的形式之美吧？

「比賽結束後，我從南出口回去，但不巧的是，那個時候我無意間看見了三色院拒絕和水管交往的場面……我煩惱著不知道該說什麼才好，但當時蒲公英立刻跑向水管身邊，溫柔地安慰他！」

你誤會了。她只是假裝安慰水管，其實圖謀趁機變成水管的女朋友，結果失敗了。

「當時我就想到！她簡直是慈愛的天使！以往所有女性看在我眼裡都只像是埴輪，但蒲公英卻能讓我認知為人類……不，是認知為米羅的維納斯！……然後，我發現了一件事。我……喜歡蒲公英！」

你別只看眼科，腦外科也去看一看吧？你很多方面都很不妙啊。

「可是，發生了一個問題！自從我對蒲公英有了戀愛情感以來，似乎只要和她面對面，我就會緊張，說話語氣也會變得比平常粗魯！因此，自從我把她認知為女生之後，我們的關係就只有惡化，不見好轉……」

那可真辛苦，你最好就這樣永遠別再跟她扯上關係。我反而還要拜託你這麼做。

「所以花灑！我想請你幫忙！」

「呃……為什麼找我？」

「蒲公英不是很黏你嗎！她雖然是個對人都散播善心的天使，但會敞開心房的對象很少。遇到有戒心的對象，還會威嚇對方然後趁機跑掉！」

她是野生動物嗎？

「我從沒見過蒲公英對哪個人這麼敞開心房！坦白說，蒲公英對你比對水管還黏！」

這是怎麼回事呢？明明贏過比起我是壓倒性向上相容的水管，我卻一點也不高興。

「我問個問題……小風。」

「什麼問題？」

「今天你在店裡說的在朋友和情人身上尋求的最重要的事，可以再跟我說一次嗎？」

「呵，就是內在還有價值觀要跟自己一致吧。」

他還撥起頭髮，露出帥臉。

「……所以你尋求的結果，是蒲公英……？」

「唔！她的內在是充滿了慈愛的天使！而價值觀也有很多方面和我一致！畢竟我偶爾跑去偷看西木蔦高中練習的情形，就發現她參加社團活動非常拚命！」

你這可不是有點做出跟蹤狂的行徑了嗎？

「如何？一致得完美吧！為防萬一，棉棉舞我也練得滾瓜爛熟！」

請你自己一個人跳。

「可是，我沒辦法再這樣下去了！所以花灑，算我求你！助我一臂之力！」

原來如此……這下很多事情都說得通了。

Pansy 在訊息裡說「該擔心的是你自己」那句話真正的含意。

他和蒲公英說話時，口氣會變得比平常更高壓、更粗魯。

說穿了，這個叫作特正北風的男生……

「讓我能和蒲公英正常說話！」

是個傲嬌……

人大概不是我殺的

第三章

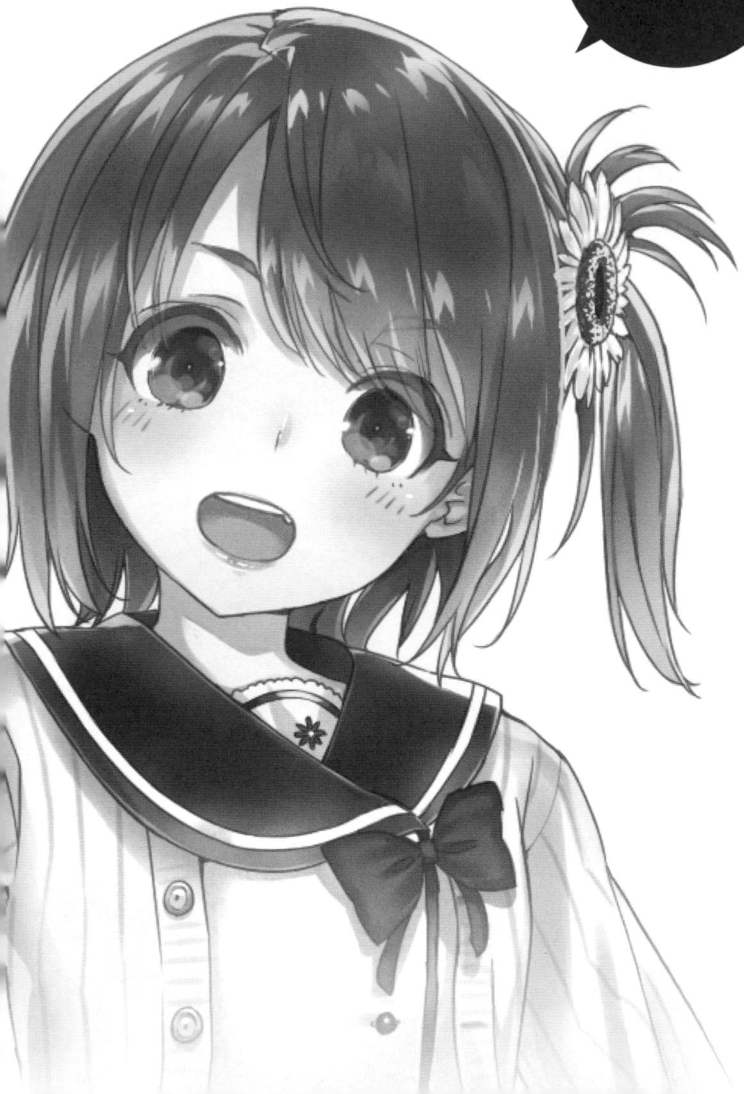

本日是由圖書室成員外加兩名生力軍，合計八個人一起進行流水麵活動的日子。

雖然發生了一些麻煩事，但本來應該是個大家和樂融融的日子，然而……

——下午三點　如月家　客廳。

「我才沒做那種事情。」

「我、我可也沒做啊！」

「我也不知道呢。」

「我也沒有！我怎麼可能這樣！」

「我也沒做啊。」

「我、我我我、我當然也沒做啊～～！唔、唔哼！唔哼哼哼！」

六名男女否認自己參與其中，氣氛緊繃到異常的地步。

在這種狀況下，我的兒時玩伴葵花臉上沒有平常天真爛漫的表情，而是以正經的犀利視線瞪著六名男女，擺出手朝正面一指的姿勢說：

「殺人凶手就在我們之中！我賭上爺爺的名聲，一定會找出來！」

……為什麼會弄成這種情形？這就要回溯到五個小時前……

從葵花進到我房間後採取的某種行動說起……

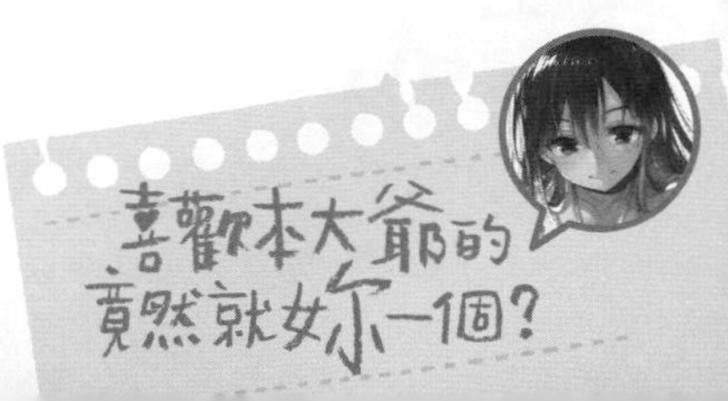

＊

——上午十點　如月家　我房間。

「最近我似乎和傲嬌結下了奇妙的緣分啊……」

我在自己房間讀著夏目漱石的《少爺》，一邊忍不住嘀咕起真心話。

我之所以會忍不住吐露心聲，原因大概就出在前幾天來找我商量的特正北風……通稱「小風」，眼睛和腦袋有點錯亂的好漢找我商量的那件太令人意外的事情。

而且我有預感，還有另一個好像在又好像不在的人……但我希望是錯覺。

如果我的預測正確，那我就會被嫉妒得發瘋的她爸比殺了；要是我猜錯，又會被清純的野獸殺了。不管是哪一種情形，都是直衝壞結局。

另外，今天是大家一起吃流水麵的日子，但現在待在如月家的只有我和姊姊。

因為是星期六，老爸老媽一起出門約會去了。

雖然不知道小孩都上高中了還很恩愛的夫妻算不算稀奇，但多半不會迎來離婚的危機，所以我很放心。

「早啊～～！花灑！」

……嗯？葵花那丫頭要來是沒關係，但離集合時間還有兩個小時耶。

她左手上有個小小的黃色女用包包，右手提著便利商店的購物袋。

「啊～～！花灑醒了！你得還在睡才行啦。」

為什麼一碰頭，我就得面對這種神祕的抱怨？

「妳這麼說，我也沒轍啊……」

「唔～～！花灑笨蛋！虧人家想來個飛撲！」

嗯，還好我醒了。

葵花的飛撲真的會整個撲上來，所以造成的身體損傷太大了。

「小葵妳真是的，何必那麼急著去雨露的房間嘛。」

接著出現的是姊姊。她似乎是先去玄關迎接葵花，晚了一步上來。

「大家十二點才要來，妳卻這麼早來，是怎麼啦？」

「嗯，我是想和 Jasmin 姊姊一起聊天！從妳上大學以來，我們都不太見得到面，人家好寂寞！」

「謝謝妳～～！那就到我房間一起聊天吧？我會再教妳各種東西。」

看來我家老姊又要傳授新的騷貨招式給葵花了。

「嗯！啊！可是在這之前，讓我把這個擺到花灑的房間去！」

葵花說著面帶笑容擺到我桌上的，就是她拿在右手上的便利商店購物袋。從尺寸來看，我想裡面裝的東西不會太大，但不知道裝了什麼。

「葵花，這是什麼？」

「奶油麵包！我要在吃完流水麵以後吃！嘻嘻！這是甘王奶油麵包，所以好甜好甜耶～～！花灑，你不可以吃喔！」

葵花拿來的是她最喜歡吃的奶油麵包……而且還是其中她最中意的「甘王奶油麵包」。這種奶油麵包有點貴，一個要三〇〇圓，每天又有限量，是葵花最喜歡的奶油麵包。順便說一下，第一次登場是在漫畫版的第一話。

上日本免費漫畫ＡＰＰ「Jump ＋」就看得到，有興趣的讀者還請務必多多關照！

我就是那種可以打廣告的時候都會打的類型。

「好。不過，既然是要在吃完流水麵以後吃，放在廚房不就好了嗎？」

「不行！甘王奶油麵包那麼受歡迎！沒有人知道幾時會有誰變成飢餓的野獸！我只能靠花灑了！」

這種魔性的吸引力是限定發揮在妳身上的好嗎？

算了，既然是她自己要在飯後吃，她愛放哪兒就隨她去吧。

「好～～！奶油麵包也已經寄放在花灑的房間，準備ＯＫ了！讓我們朝 Jasmin 姊的房間 Let's Dash！」

「嗯。Let's Dash。」

葵花似乎要去姊姊的房間，我就繼續看書吧。

——上午十一點　如月家　我房間。

傳來輕快的門鈴聲，我去打開玄關門一看，站在那兒的是一個男生。

我說如果他能在集合時間前一個小時來會幫我很大的忙，他就準時在一個小時前出現，真是個正經的傢伙。

「嗨，小風，今天謝謝你來。」

今天這位型男也一樣繃著一張撲克臉。

是我萬萬沒想到竟然會占走傲嬌名額（♂）的男生……小風。

「別放在心上，我只是來答謝你日前的照顧，而且準備完畢後我馬上就會回去。」

「……這樣啊。那個……沒關係嗎？『她』其實也在……」

你反而是因為她在才說要來幫忙的吧？

「你在說什麼？今天我終究只是來幫你，我的狀況根本不用一一顧慮。」

唔！竟然控制住自己的欲望，確實只為了幫忙而來！

由我這個男生來說是不太對，但這麼了不起的男生竟然會喜歡上那種女生，實在是暴殄天物！

「……而且，我的目的也已經漸漸達成了。」

這個人心滿意足地在講什麼鬼話？

我倒是覺得豈止完全沒有達成，甚至還沒開始……

「好。那你的事就下次再找機會。」

「唔……那麼，我要做什麼？」

「呃，竹子已經鋸好了，可以請你幫忙組裝嗎？」

「知道了……對了，用來沖流水麵的水管已經準備好了嗎？」

唔！他應該沒有別的意思，但聽到這個字眼還是會讓我緊張一下啊。

「有、有啊……我打算拿家裡現有的來用。」

「你白痴嗎？舊的水管在衛生上有疑慮吧。」

他的口氣相當嚴厲，但日前我已經充分了解這就是小風平常說話的語氣，所以倒也不特別生氣。

「這樣啊。那等準備完畢後，我就去生活用品店買新的吧……」

「這不成問題。為防萬一，我來的路上已經先買了。」

這是什麼職業級的善體人意啦？他口氣雖然差，行動卻未免太體貼了吧？

「多虧你幫忙。呃，要多少錢？」

「金額微不足道，不需要。」

「呃，可是啊……」

「囉唆。我都說沒問題就是沒問題。不要一直講這種娘娘腔的事情。」

「不行，我覺得有問題就是有問題，而且你本來就只是來幫忙的吧。就算娘娘腔也沒關係，讓我付。」

「唔……好吧……」

這小子，口氣雖然高高在上，但只要好好把話講出來，他倒也聽得進去啊。老實說，有點好玩。

「花灑，有誰來了嗎～～？……啊！是特正同學！好久不見了！」

啊，葵花來了啊？大概是對門鈴聲好奇就跑來看吧。

「這嗓音是……日向葵啊？好久不見啦。」

「嘻嘻！謝謝你記得我！」

「凡是聽過的嗓音，我都盡可能不要忘記。這點小事沒什麼。」

會把除了一個人以外的所有女生都看成埴輪的小風，似乎從嗓音就聽出了來者是誰。

「嗯？那邊的埴……咳，那位女性是？」

你剛剛差點講出埴輪這兩個字了吧？等等，姊姊也來了……喔哇！

她完全變成了野獸盯上獵物的眼睛！小風，快逃啊。

「幸會，我是雨露的姊姊如月茉莉花，年齡十九歲，是大學生。興趣是裁縫、烹飪等各種家事，拿手菜是馬鈴薯燉肉，至於喜歡的音樂，最近大概是古典樂吧。」

這不對吧？就我所知，姊姊的興趣應該是玩欺凌弟弟的遊戲，拿手菜是泡麵，喜歡的音樂是重金屬吧？

「我是特正北風，隸屬唐菖蒲高中的棒球隊……幸會。」

「呵呵，真是個有禮貌的孩子。」

「特正同學是很厲害的打者耶！將來要當大聯盟球員，對吧？」

「將來的事情還說不定，但我每天都努力往這個目標前進。」

「是喔，這樣啊……長得好帥，而且如果是大聯盟球員，年收入也……嘛嘛嘛。」

不知道是對外表嘛嘛嘛，還是對年收入嘛嘛嘛，但願至少是前者。

「雨露，我有些事情想問你，可以單獨跟你談談嗎？」

糟了。姊姊似乎要從收集情報開始，鎖定的目標是我。

「呃，我們正要開始準備流水麵……」

「這樣啊，那就沒辦法了。嗯，我就死了這條心，和小葵一起讀詩……」

「小風，不好意思，可以請你在客廳等一下嗎？」

這個臭老姊～～～！這麼忠於自己欲望地來威脅我！

「沒問題。要開始準備時再跟我說一聲。」

「不好意思啊。」

「無所謂。」

之後我就被帶往姊姊的房間，被迫把小風的情報一五一十都招出來。只是「那件事」我當然還是隱瞞到底了。

——正午　如月家　客廳。

把情報提供給姊姊後，我和小風一起到庭院做完流水麵的準備。起初還有說要在我房間玩流水麵的荒唐提議，但這麼多人要擠在我房間終究不切實際，所以就改成在庭院吃。

然後，等準備工作大致就緒，我為了確定麵線會流動，先去廚房要了一些麵線，就看到其他參加者已經全都到齊。

「翌檜，燙好的麵線我會先放到篩子裡，可以幫我拿去弄涼一下嗎？」

「好的！包在我身上，Pansy！我已經準備好了，隨時都可以～～！」

「一次的量要拿多少比較好啊？太多的話大概會很難沖，太少也不好……嗯～～……很不好決定啊。」

在廚房這方面，今天也只戴眼鏡的 Pansy 負責燙麵線，翌檜負責用篩子把麵線弄涼，Cosmos 負責分麵線，各自完成自己的職責。

「蒲公英，可以請妳準備餐具嗎？最好能準備人數份的筷子和碗呢。」

「請包在我身上，小椿娘娘！我在餐具的準備方面一向大有好評！唔哼哼哼！」

「沾麵醬就用我從家裡拿來的吧！這是媽媽的特製沾麵醬，有夠好吃的！」

客廳這邊則有小椿和手下準備餐具，葵花準備沾麵醬。

大家和樂融融地談笑，該怎麼說，是一片非常多采多姿的光景。

可是……一共有六個女生待在我家，該怎麼說，實在很猛啊。

「咦，花灑同學，你怎麼啦？」

日前由姊姊幫忙挑了衣服的 Cosmos 察覺到我出現，對我笑咪咪的。她穿著白色蕾絲連身裙，搭配休閒風七分袖牛仔外套，醞釀出一種和平常不一樣的平易近人感。

昨天我在姊姊傳來的照片上就看過，但直接看更是加倍可愛。

順便看一下……嗯，牛仔外套底下的確是有的……有著低調存在的呱莉娜。

「我來要一點麵線……」

「那這裡有已經燙好的，你拿過去沒關係。」

「知道了。那我就拿過去……啊，還有 Cosmos 會長——」

「嗯，怎麼啦，花灑同學？」

其實，我把小風的情報提供給老姊時……

『你這小子，上次去買東西的時候對 Cosmos 說了那麼過分的話，今天該怎麼做，你自己知道吧？相信你萬萬不會只發訊息跟我說而已吧？畢竟她可是為了得到你的讚美，急急忙忙洗了衣服，穿得和昨天一模一樣跑來呢。』

老姊就這樣小小威脅了我一下，所以我有些話非對 Cosmos 說不可。

說來懊惱，但坦白說，老姊說得對，我就當作是反省，努力說出來吧……

「啊～～呃……妳這身衣服，非常好看。印象和平常不一樣，很漂亮。」

「真的嗎？呵呵呵，直接聽到讚美，果然高興的感覺又不一樣呢……謝謝你。」

唔，她若是很少女地害羞起來，我還能夠冷靜，但被她這樣平靜地微笑一下，我就加倍難為情啊……

其實上次姊姊挑的衣服也很好看，只是那套就有點太刺激……【踩】。

「痛死啦！Pansy，妳搞什麼！」

「哎呀，對不起。我還以為是花灑同學，結果不小心踩到了花灑同學的腳耶。」

「結果兩個不都是我嗎！」

才想說她跟大家聊得開開心心，沒頭沒腦就給我來這麼一下！

明明平常就算我誇葵花或Cosmos，她都不會生氣，為什麼偏偏今天要生氣？

「你把手按在你膚淺的胸口，仔細想想看吧，傻瓜花灑同學。」

「誰理妳！那我要去庭院啦！」

還周到地踩我的腳尖……根本痛得要命啊……

從廚房回到庭院一看，就看到一個男生散發出工匠風格的鬥氣默默做事。

「小風，不好意思讓你久等了。我去要了麵線來。」

「我根本沒等多久，不要做出一一道歉這種無聊的事情來。有空道歉，還不如趕快試試

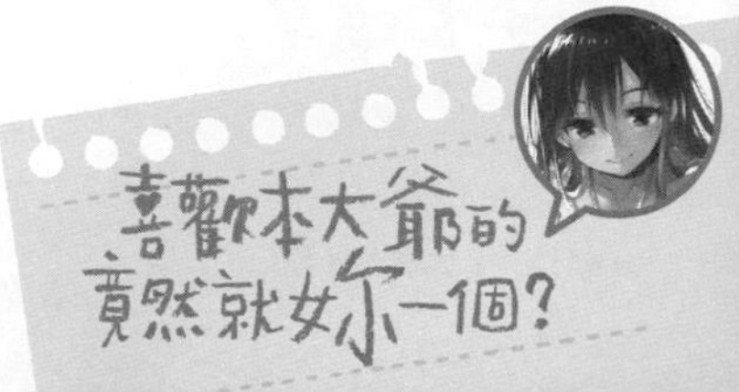

看麵線流不流得動。」

我想如果把這個人的話翻譯一下，大概就是：「用不著道歉！趕快把麵線放下去吧，如月同學！」……我看他該不會其實是想跟蒲公英說說話？

嗯～～……如果這個時候，蒲公英能碰巧跑來……

「呀呵～～☆有沒有好好努力啊，雨露、特正同學？」

不是找妳。

「怎麼啦，雨露？看你一臉怪樣。」

「……沒事啦，姊姊。」

「是嗎？啊，特正同學，這邊接下來由我和雨露弄，你去客廳休息一下吧。」

「可是，我只是為了幫忙準備工作來的……」

「就算只是為了準備而來，也不是說都不可以做準備工作以外的事情吧？」

「……我明白了，感謝您的好意。」

小風這麼說完就對姊姊一鞠躬，從庭院回到客廳去了。

我的心情很複雜……客廳裡有 Pansy 在，所以我是希望盡可能別讓他們打照面，但又覺得想讓他跟蒲公英聊上幾句。

……然而比起這兩件事，總覺得我更該擔心的……

「啊～～～！特正同學，合格！我完美地感受到了 Destiny ～～！」

是被迫應付這個姊姊的我。

「我從窗戶一直偷看，看到他正經地準備，又非常機靈，然後竟然還是個型男……！看他那張臉，將來年收入肯定有二〇〇〇萬圓以上！」

原來有這樣的臉啊？我還是第一次知道。

「哎呀，我真的被你嚇到了。雨露，你是怎樣？不只是美女，竟然連那樣的型男也都攻陷下……」

「喂，馬上給我停止這種有語病的說法。」

「啊哈哈！開玩笑的，開玩笑！而且，特正同學雖然是個非常棒的男生，但我大概搞不定吧。」

「咦？妳還死心得真快。」

換作平常，她一定會糾纏不清，現在卻像是還沒上戰場就已經察覺到會打敗仗。

「特正同學一邊做事一邊卻還一直在留意耶～～！……留意客廳這邊。這個啊，說穿了，不就是『那麼回事』嗎？」

「誰知道呢，我不太清楚。」

「……哦～～那我就看在想替朋友保守祕密的弟弟分上，好心地當作是這麼回事！那就來準備吧！」

「好。那姊姊，可以幫忙放水嗎？」

「來嘍！……可是，真是太好了！今年回老家真是太正確了！竟然可以和那樣的型男接觸！畢竟型男多半都會認識型男嘛！雨露，晚點我會答謝你，你好好期待吧！」

「不用了啦。」

「不要客氣！這次不是教訓，是答謝，所以你放心吧！那麼，這邊也弄完了，我就回房間去進行讓你開心的準備了！」

對了，姊姊的發言有一個地方讓我很好奇，所以就問問看吧。

「我說啊，姊姊，如果型男多半都會認識型男，那就表示我也是相當出色的型男……等等，人都跑了！」

竟然已經跑掉了！我要拿我這種期待怎麼辦才好啦！

——下午〇點三十分　如月家　玄關。

就這樣，確認完麵線是否流得動以後，姊姊就回自己房間去了，所以我再度前往客廳。眾人都在談笑，只有小風一個人坐在沙發上，形成鮮明的對比。可是他的表情又那麼陶醉，我想應該是因為能待在蒲公英身邊，所以覺得很高興。雖然他大概根本沒能講上幾句話……

「各位，麵線也已經確定流得動了，差不多可以開始了吧。」

「太棒啦！我肚子都要餓扁了啦！」

「嗯。蒲公英，可以請妳去把每個人要用的碗拿來嗎？」

「請包在我身上，小椿娘娘！我一定會把碗送到大家手裡！」
眾人各自拿起麵線或各式餐具，而蒲公英似乎是負責拿碗。
她已經徹徹底底變成了小椿的手下啊。
然後就在眾人依序穿鞋，從玄關走向庭院之際……
「那麼花灑，今天我就先失陪了。」
只有小風並沒有走向庭院，而是準備離開我家。
「啊、嗯……呃……謝啦。」
「不要為了這點小事一一道謝，而且該道謝的人是我。」
這個人要說的是：「能和蒲公英在一起讓我好高興！謝謝你！」
嗯～～……畢竟他真的幫了忙，我是想邀請他參加，只是……小風的立場實在有點特殊啊～～其他人也一臉複雜的表情，猶豫著該不該邀他留下。
說來說去，大家還是在意以前和唐菖蒲高中發生的過節啊。
……嗯？Pansy 是怎樣？突然到小風面前……
「特正同學，難得你來了，要不要也一起參加？讓你只來幫忙準備就叫你回去，實在令人過意不去。」
真的假的，Pansy 竟然主動邀小風留下……
不，這應該是她在對我們釋出一種訊息吧。她不用言語，而是以行動表示：「我真的不

介意特正同學，大家不用擔心我。」

「三色院，我原本就只是要來幫忙準備而已，不用介意。」

然而，我們這位會把女生看成埴輪的小風同學對露出真面目的 Pansy 的邀約，也一樣很乾脆地拒絕了，讓人窺見他那一旦決定就要貫徹到底的堅定意志。

「咦～～！特正同學也一起來嘛！會很好玩的！」

「就是啊！流水麵吃起來一定會很開心！」

「我也這麼覺得呢。特正同學，我們一起來吃流水麵吧。」

喔！看到 Pansy 的行動，女子組也陸續開始邀他留下。

照這樣看來，搞不好……

「既然我不是原先就說好要來的人，我就不打算參加。」

這行不通，他嚴以律己的程度非同小可。

唉，本來我還想說既然 Pansy 不介意，我也要挽留他，但看這樣子大概沒辦法吧……

「唔哼哼！流水麵，好期待耶！……咦？特正學長要回去了嗎？」

結果這個時候，晚了一步跑來的蒲公英用托盤盛著一個個裝了沾麵醬的碗出現了。還特地先放了沾麵醬，她還挺機靈的。

「……妳、妳有什麼意見嗎？」

「沒有，沒有什麼意見！只是想說原來學長要回去啦！」

「那就不要動不動就找我說話。很煩。」
「你說什麼！我找你說話你竟然還不開心！請你向如月學長看齊！」
蒲公英，妳仔細看看小風的右手，他都比出勝利手勢啦。
也就是說，他嘴上那樣說，其實相當開心啊。
「可是，我還以為特正學長也要參加，拿了一大堆碗來。」
「什、什麼！哼、哼……連參加人數都沒掌握好，還特地拿了我的份來，妳這女的還是一樣那麼蠢啊。」
「蒲公英連我的份都準備了！真是個棒透了的女生！」這才是他要說的話。
「要是知道特正學長不參加，我才不會拿來呢！唔哼～～！」
「之前在洋木的炸肉串店裡，我明明就說過我幫忙準備完就要回去……」
蒲公英，幹得好。或許妳完全沒發現，但我內心對妳表示讚賞。
既然這樣，只差臨門一腳就可以攻陷他啦！
「我說啊，小風，你就這樣回去，蒲公英裝好的沾麵醬就會浪費掉，你可以參加嗎？」
「……可、可以嗎？我是外校的人……」
「特正學長是對我準備的碗有意見嗎！好過分！」
「過、過分！我不是這個意思……」
蒲公英，妳有所圖謀的時候全都會搞砸，沒想到在沒有圖謀的時候卻可以這麼有貢獻！

這攻勢漂亮！

「既然這樣，為了不傷害蒲公英，特正同學也一起來吃流水麵吧。」

「就是啊！特正同學也請務必參加！」

「嗯，我也贊成花灑呢。」

「我也贊成～～！特正同學也一起吃流水麵吧！會很開心的～～！」

「你看，大家都這麼說，你就別管什麼外校不外校了，一起參加吧。難得大家熟起來了，我也想多和你聊聊。」

「……既、既然你們這麼堅持，那就沒辦法了！而且蒲公英又多準備了碗，那就讓我參加吧！哼哈哈哈哈哈！」

心情飆升的幅度好大啊～～一開始就老實說要參加不就好了……

「……蒲公英，妳可別會錯意啊。我只是不想浪費妳準備的碗才參加，終究只是順便而已啊。」

「我什麼都沒會錯意啦～～！」

嗯？剛剛小風的台詞……總覺得好像有誰在哪裡說過？

記得那是山茶……唔！我莫名頭痛！……嗯，大概是想太多了。

——下午一點　如月家　庭院。

流水麵活動終於開始。

大家各就各位，努力想夾起我放的流水麵。

「啊哈哈！翌檜都夾不起麵線！要加油！」

「唔～～！這好難啊……沒想到麵線溜這麼快……」

「有訣竅呢。不是去夾在流動的麵線，是要預測位置去夾。」

沒想到翌檜對這種事不拿手。

她參加校刊社，有種行動敏捷的形象，所以讓我有點意外。

「花灑同學，你一直在放麵線，差不多該換人了吧。」

「謝啦，Pansy。不過，我沒關係啦，妳乖乖繼續吃就好。」

而且我之前捅出了各種漏子，今天我就負責放麵線就好。

「那等我吃飽了，就跟我換。我一直想放放看麵線。」

「……好啦。那等妳吃飽就麻煩妳。」

「好的，包在我身上。」

嘖，Pansy 這女的……給我用這種我無法拒絕的說法……

「對了對了，秋野學姊！我有事想問妳！」

「嗯？怎麼啦，蒲公英同學？」

喔？這可稀奇了。蒲公英竟然找上 Cosmos 說話。

「秋野學姊非常漂亮，請問學姊過去被多少人表白過？順便說一下，我一共是98次！唔哼哼！」

對喔，我都忘了她把葵花和Cosmos當成競爭對手，企圖成為全校最受歡迎的女生。所以她問這個，是想知道對方的戰力是吧……

「98次啊……呵……我果然沒看走眼……」

當然看走眼嘍。光是會把蒲公英以外的女生都看成埴輪就已經不知道看走眼到哪去了。

「被人表白的次數啊？嗯、嗯～……」

「是！請務必告訴我！」

「不好意思。坦白說……我不記得了……」

「不記得？也就是說，不太有被人表白的經驗……唔哼！唔哼哼哼！這下說不定我也有勝算……」

「妳會記得以往吃過多少粒米嗎？」

第一碗飯就已經數不清了啦！Cosmos妳是被表白過多少次啦！

「咦唷？米、米粒？不，我不記得……」

「對吧？說穿了就是這麼回事……而且對他們的好感本身，我是很感謝，但我是想和自己喜歡的對象建立這樣的關係……」

停。不要這樣頻頻朝我瞥過來。

「這、這是壓倒性的戰力差距……果然，是差在胸部……」

我倒覺得絕對不是只差在那裡啦。

「……我回客廳一下……因為我得擬訂今後的對策才行……」

「既然這樣，我也一起去呢。麵線也快放完了，我去拿一下呢。」

「小椿娘娘竟然察覺到我受傷了！啊啊，您真是太了不起了！」

妳會不會太愛往對自己有利的方向誤會了？

——下午兩點　如月家　庭院。

流水麵開始一個小時，大家也差不多吃飽，但葵花還是一樣精力充沛地吃著流水麵。而我和 Pansy 換手後，現在也換成負責吃的一方。

順便說一下，庭院的角落有已經吃飽的蒲公英正和小風展開沒有建設性的爭論，但誰也不想管這件事。

「嗯～～！麵線好好吃！我還吃得下很多很多～～！」

「喂，葵花，妳在上面全都夾走，最底下的我就沒……」

「不用擔心！花灑也是只要努力，就可以吃很多！」

「不管我怎麼努力，妳在上面就夾光了，我哪可能吃得到！」

「花灑同學，你開心嗎？」

「我的份又沒啦！……嗯？開、開心啊。謝謝妳代替我啊，Pansy。」

「我也放麵線放得很開心，彼此彼此嘍。」

平常只會對我毒舌，偏偏有時候就是很溫柔啊，這女的。

「對了，Cosmos 學姊，後天要去海邊，泳裝妳已經準備好了嗎？」

「那當然了，小椿同學！呵呵呵……畢竟和大家一起去海邊是我一直非常期待的活動之一嘛！」

海邊……遠離都市的喧囂，讓人變得開放的美妙所在！

而且，這次我也還沒召喚那一位，雙重期待！

唔嘿嘿嘿……我現在就得開始深思熟慮，想好要在哪裡請祂顯神通啊……該選春光外洩還是換衣服……還是抹防曬油抹得油亮油亮的呢……真讓人煩惱啊。

「雨露～～久等啦～～」

「……嗯？姊姊，妳怎麼啦？」

對了，在準備流水麵的時候，她就說多虧了我，讓她可以認識小風，所以要答謝我，然後就回自己房間去了。

所以她是準備好了才回到庭院來？所以，到底是準備了……什麼……

「呵呵！剛才說要答謝你，我這就來了。如何？開心吧？」

「…………」

「這是雨露最喜歡的小兔兔！」

我一～～點也不開心耶～～～～！

妳為什麼認為我看到親姊姊扮成兔女郎會開心？

這種東西，麻煩叫在場這些家人以外的人去穿好不好！

為什麼我這個姊姊會把自己當成賣弄性感的戰力來動員啦！

「我、我說啊……姊姊，妳這樣我也不會……」

「不用說完，我全都明白！」

讓我說完。妳什麼都不明白。

還莫名一手拿碗一手拿筷子靠過來。

「主人～～☆我來餵你吃流水麵蹦☆來，啊～～……」

啊～～！讓親姊姊餵我吃麵線，我哪有可能會高興啦！

「姊姊，我說真的，別這樣！我真的一點也不開心！」

「哎呀？我還以為雨露會很喜歡呢……這可搞砸了，嘻嘻☆」

妳在營造什麼俏皮失敗感啦……我真的很不會應付這個姊姊……

「哇啊～～！Jasmin 姊好可愛！可是，妳為什麼要穿成這樣？」

「因為雨露最喜歡小兔兔了，我就想讓他嚇一跳。畢竟他偷藏在房間裡的A書，幾乎都是兔兔嘛。也就是說，這是驚喜禮物！」

我不可告人的祕密被赤裸裸地暴露出來才是驚喜禮物吧！

這個人是怎樣？她本人是好心這麼做，所以才更惡質！

「主人的興趣還是好紳士呢蹦。我會很傷腦筋蹦。」

「少、少囉唆，Pansy！妳幹嘛突然換口氣說話！」

「好奇怪喔，我明明是配合你的興趣……你不開心嗎蹦？」

妳根本是明知我不會開心還這樣搞吧！我真的很討厭 Pansy 這一面！

「可是，跟上次來的時候比起來，好像多了新的東西，害我又非得進去性慾橫流的愚蠢豬頭主人的房間不可呢蹦。」

而且還企圖進我房間，撲滅我的新收藏！

唉……真的是糟透了……

——下午兩點五十分　如月家　客廳。

我們享用完流水麵，收拾完畢之後，各自在客廳休息。

「好開心耶！好想哪天再玩喔，Cosmos 學姊！下次希望小桑也一起！嘿咻！……好耶！湊成對啦！」

「嗯，對啊，改天一定要再一起玩！要是小桑參加，他大概會吃很多，最好準備比今天更多的麵線啊！……啊啊！沒湊成對……」

「機會難得，到時候我也準備一下炸串好了呢。畢竟小桑最喜歡吃炸肉串了……可惜。那輪到 Pansy 了呢。」

也是。下次希望務必讓小桑參加。

難得有這機會……等甲子園打完後再辦一次也是可行啊。

就問問大家的行程，確定能不能成行吧。

……順便說一下，她們提到小桑的同時還有一些突兀的發言，是因為葵花她們在玩抽鬼牌。參加的是我和小風以外的這些女生。

大家都非常狂熱地玩著抽鬼牌。這種簡直像攸關生死的拚命感，讓我在一旁看著都不由得退縮。

「……從之前小椿的傾向來看，會在這裡……成了，湊成對了！來吧，蒲公英，趕快抽吧。」

Pansy 把紅心4和黑桃4這一對丟到桌上，擺出勝利姿勢。

我早知道她的個性意外地孩子氣，但真沒想到她玩抽鬼牌會玩得這麼起勁……

「唔哼哼哼！那我就從三色院學姊手上失禮……咦唷？為何完美的我會抽到鬼牌？」

蒲公英，妳這樣講出來，勝利只會離妳愈來愈遠啊……

「羽、羽立學姊！我推薦這張牌！來，請別客氣！」

「我明白了！那麼，我要抽其他張牌！」

「好、好過分！鬼牌都不離開我的手！唔哼～～！」

雖然只是推想，我猜最後一名大概是蒲公英……她玩抽鬼牌也太弱了……

至於說到誰會贏……我預測的贏家不是Pansy。

Pansy腦筋動得快，對我還具備神祕的超能力。

所以她有種玩抽鬼牌也會相當強的形象，但就是有個人比她更強。

那就是……

「成～～啦！嘻嘻嘻！這樣我就是第一名～～！」

「「「什！」」」

把最後兩張湊成的一對丟到桌上並大聲歡呼的人，就是我的兒時玩伴葵花。

表情愕然的則是Pansy、Cosmos、翌檜與蒲公英。

果然是葵花贏了啊。她玩起抽鬼牌，真的是強得亂七八糟啊。

我也是從小就跟葵花比過很多次抽鬼牌，但一次都沒贏過。

這丫頭似乎就是會以本能精準地看出鬼牌的位置，又擅長抽走自己需要的牌，所以就是會接連湊成對而抓住勝利。

也就是即使頭腦再怎麼優秀，還是贏不過野性的本能。

另外，最後一名果然是徹底堅守鬼牌到最後的蒲公英。

「嗚嗚嗚……為什麼大家都不抽走鬼牌？我無法理解……照這樣下去，棉毛粉培訓生的好感度會一直下降……」

「呵，主動扛起大家都會排斥的事情……不愧是我的米羅維納斯。」

不用擔心，蒲公英。相對的，妳已經賺到一個超絕棉毛粉的大量好感度。

「……啊！對了！我去拿奶油麵包！是甘王奶油麵包耶！」

對了，我都忘了葵花說過等吃完流水麵就要吃奶油麵包。

大概也因為她玩抽鬼牌拿下第一名，只見她心情極佳，雀躍地搖頭晃腦跑出客廳，前往我房間。

……本來為了保護收藏，我也應該一起去，但由於已經刪除完畢，也就沒了跟去的理由。從某種角度來看，我的房間已經變得非常乾淨。

「花灑，今天很感謝你讓我參加，我也得以度過一段非常充實而有意義的時間。」

雖然他始終都在和蒲公英吵架，但他本人似乎非常滿足。

「嗯，既然你玩得高興，那就太好了。」

「唔哼哼！如月學長也很開心吧？畢竟你有幸和這麼天使的我一起吃流水麵！啊，後天要去海邊，到時候你也可以儘管萌我沒關係！」

我是不知道幾時變成蒲公英也要去海邊，但看來她是打定了主意要跟。為什麼這丫頭老是要一直衝著我來？

「蒲公英，妳要和花灑他們一起去海邊？」

「對啊……有什麼問題嗎，特正學長？」
「沒什麼問題。」
小風，不要擺出撲克臉，卻用慌張的視線看我。
……真沒辦法。反正我也想趕快解決這個問題……
「小風，你如果沒排什麼活動，要不要也一起來？我正覺得要是只有我和小桑，男生就太少了。所以如果你能來，會幫我們大忙……」
「你是神嗎？」
不，我是人。
「哼、哼……既然花灑這麼堅持，那就沒辦法了！湊巧後天棒球隊不練球，而且湊巧我對攝取鹽水也懷抱著非比尋常的關心！湊巧我也不是不能好心參加！雖然全是湊巧啊！哼哈哈哈哈！」
這是全新的湊巧使者誕生的瞬間。除了第一句以外，絕對都不是湊巧……
「嗯、嗯……那可真是太好——」
「啊啊啊啊啊啊啊啊啊啊啊啊啊啊啊啊啊啊啊啊啊！」
「唔哇！怎、怎麼啦！」
一陣迴盪在整個如月家的叫聲突如其來，緊接著則是大步跑下樓梯的聲響。
「怎麼回事？呼～～！呼～～！」

門被人砰一聲粗暴地打開。
門後出現的是莫名怒急攻心，喘著氣的葵花。
「找不到！不見了！花灑！不見了！」
「呃……什麼不見了？」
「我的奶油麵包！甘王奶油麵包不見了！」
「妳是指今天早上妳放到我房間的那個？」
「對！虧我那麼期待！我正想拿來吃，結果跑到你房間一看，就不見了！花灑，你吃了我的奶油麵包嗎！」
「不，我沒吃啊……」
我根本就沒空吃。我從流水麵開始以後幾乎都待在客廳和庭院，一步也不曾走進房間。
「嗚嗚嗚嗚！花灑沒說謊，所以沒吃……那就是別人吃掉了！是誰？是誰吃掉了我的甘王奶油麵包！」
葵花平時就很常不高興，但很少看到她氣成這樣，讓眾人都顯得有些吃驚。
「我才沒做這種事情。」
「我、我也沒做啊！」
「我也不知道呢。」
「我也沒有！我怎麼可能這樣！」

「我也沒做啊。」

「我、我我我、我當然也沒做啊～～！唔、唔哼！唔哼哼哼！」

就是這麼回事，讓各位久等了。

劇情終於發展到本章最開頭的地方。

「殺人凶手就在我們之中！我賭上爺爺的名聲，一定會找出來！」

葵花妳爺爺醉心於農業，不知道妳是要以他的什麼名聲發誓。

……不過說穿了，就是這麼回事。

今天早上，葵花打算在吃完流水麵之後吃，所以先寄放在我房間的「甘王奶油麵包」不翼而飛了。嫌犯一共有六個人，Pansy、Cosmos、翌檜、小椿、蒲公英、小風。看來就是這幾個人當中有人吃了葵花的奶油麵包，而葵花就是要找出凶手。

「花灑，這下錯不了！」

「呃，什麼東西錯不了？」

「這是奶油麵包凶殺案！」

Next 葵花's Hi～～nt！「奶油麵包」。

「所以呢，花生老弟，要開始偵辦啦！」

「唉……是喔……」

三分鐘後，我們的迷偵探葵花戴上了不知打哪兒弄來的格紋獵鹿帽。
她的身旁則站著因為被斷定沒說謊，得以擺脫嫌疑的偵探助手花生老弟。
正面則有嫌疑犯六人，各自坐在沙發或坐墊上。
「這種時候，最可疑的就是第一發現者！第一個發現的人……是我！」
不愧是迷偵探，率先去搶嫌犯來當。
「我沒殺人啊！花生老弟！」
我知道。妳這樣拚命揪住我手臂強調自己無辜也沒有意義。
如果奶油麵包是妳吃掉的，根本就不會鬧出這種事情。
「葵花沒下手，這點我們都明白。所以，不用擔心。」
「哇～～～～！花灑相信我！我好開心！」
我知道妳很開心了，現在別跟我黏得太緊。妳身上那種柑橘類的洗髮精香氣飄過來是很吸引人啦，但周遭的視線刺得我有夠痛的。
「葵、葵花，放開我！然後，我們要趕快開始偵辦啦！」
「嗯！我們一起加油吧！要審問這些嫌犯！」
也是啦，是該從這一步開始。呃～～那麼首先……
「妳為什麼殺（吃）了奶油麵包……蒲公英？」
「咦唷？為、為什麼第一個就懷疑我？」

哎唷，不行不行，我忍不住斷定了。

哎呀，雖然知道不能從平常的行動來斷定，但人還是違逆不了本能啊。

不過畢竟就只有這丫頭在眾人之中發出明顯的怪聲，而且形跡很可疑。

「我才沒殺（吃）！而且我連日向學姊帶了奶油麵包來這件事都不知道！唔哼～～！」

「妳老實招了吧。來，只要乖乖招出來，我不會罵妳的。」

「看你的表情就知道乖乖招了也會被罵！太過分了，花生老弟學長！虧我以前那麼溫柔地利用你那麼多次！你卻恩將仇報！」

我倒是覺得只是有仇報仇啊。

「花生老弟，這只是我的推測，我想蒲公英沒下手。」

「咦？」

這時跑出了一個為她辯護的聲音。就是孤伶伶坐在客廳角落坐墊上的那位蒲公英的地下跟蹤狂——小風。

對了，可不可以不要大家都叫我「花生老弟」？

「特正學長……你平常明明那麼壞心眼，偏偏只有關鍵時刻對我這麼好！你該不會是地下棉毛粉！唔哼哼！真拿你沒辦法呢～～！」

「別得寸進尺了！我只是因為判斷妳不是凶手才給大家建議而已！」

「咦唷？莫名其妙被罵了！」

小風，不要因為被說中就吼人。

「小風，為什麼蒲公英不是凶手？」

「說起來，這次奶油麵包已經被殺（吃）了……然而，蒲公英圖謀什麼壞事從來不曾成功過，絕對會失敗。如果這個女的想殺了奶油麵包，反而被殺的可能性還比較高吧。」

「這……的確……」

「為什麼我就要被奶油麵包殺了！唔哼～～！」

我也不明白是要怎麼被麵包殺了，但又覺得如果是妳，難保不會發生。

「也就是說，蒲公英不是凶手對吧！」

也是，畢竟蒲公英是個被逼問之下就會瘋狂幫自己挖墳的職業好手。

既然她拚命否認，不是她的可能性應該就很高吧……雖然我也只是推測。

「唔～～！雖然不服氣，但如果能讓各位明白我不是凶手，那我就忍耐忍耐吧……啊，謝謝你救了我！特正學長！」

「哼、哼……不要一一做出道謝這種無聊的事情喵。」

你這語尾不對啦。

「可是，既然蒲公英不是凶手……」

「不用擔心，花生老弟，我有個好主意！」

原來如此，有個餿主意是吧？這起案件也許會變成懸案啊。

「我們之中，有個人偷偷進去過花生老弟的房間！這個人最可疑！」

哎呀，沒想到這主意還挺正經的。

的確，奶油麵包原本是放在我房間。

既然要殺了它，就得進入室內。

那麼，這個人就是……

「Pansy！妳進過花生老弟的房間吧！」

這人物也太令人意外了吧！呃，Pansy 是進過我房間沒錯啦！

剛才她就說要刪除我的收藏……難道說，是在那個時候把奶油麵包給？

不，怎麼可能……

「是啊……我是進了花生老弟的房間。」

她承認嫌疑了！真沒想到她竟然是個這麼貪吃的人……

「Pansy，妳的心情我懂……一旦看到甘王奶油麵包，人就會沒辦法維持理智啊……」

這種效果是葵花限定。

「案子終於解決了！兇手就是 Pansy ——」

「葵花，我是進了花生老弟的房間沒錯，但我沒殺奶油麵包。」

「咦咦咦咦咦！這話怎麼說？」

「很簡單。我進房間的時候，奶油麵包已經不見蹤影。真要說起來，奶油麵包曾經放在花生老弟房間的這個事實本身，我都還是透過妳的發言才知道的。」

「原來是這樣啊！……不過，我進花生老弟房間的時候也的確沒聞到奶油麵包的氣味！如果凶手是在裡面吃，一定會有更明顯的氣味！也就是說，凶手沒在花生老弟的房間吃！是換到別的地方再吃掉的！」

我們的葵花同學只有嗅覺比一般名偵探更優秀。

「Pansy，對不起，我懷疑了妳……」

「不用放在心上。妳願意相信我，我很開心。」

葵花同學，如果是偵探，最好還是多懷疑一下吧？

畢竟 Pansy 雖然絕不說謊，但有時候就是會玩起巧妙的文字遊戲來隱瞞事情喔。

「可是這樣一來，就表示有人比 Pansy 先進了房間吧！大家有進花生老弟的房間嗎？」

「我沒進去呢。」

「我也沒進去！」

「我也沒進去啊。」

「哈哈哈！在下怎麼可能會進去！」

「唔哼！我也沒進去！」

好，找到凶手了。

這一說我才想到，大家阻止小風回去時，只有一個武士不在場啊。

我把書頁往回……咳，我憑自己超人般的記憶試著回想，發現果然沒錯。

據我推測，大概就是那個時候。

「……Cosmos 會長，妳進了我房間吧？」

「可笑！花生老弟兄！在下從未做過這種——」

「妳進去了吧？」

「啊、啊嗚……我進去了……」

很乖，很好。

「Cosmos 學姊……妳為什麼，要做這種事……？」

「那個……因為之前來到花生老弟家時，我沒機會窩在他房間……所以我忍不住鬼迷心竅……在他房間窩下去了……」

事先徵求一下許可啊。妳一個人進去做什麼啦。

「像這樣在床上窩著，就聞到花生老弟的味道……而且感覺就好像他緊緊擁抱我……好、好害羞！好害羞喔～～！」

現在是讓妳耍少女忸忸怩怩的時候嗎？妳現在可是嫌疑最重的凶手候補啊。

「Cosmos 學姊，當時，妳吃掉了奶油麵包嗎？」

「才沒有！我沒殺奶油麵包！那個……只是因為桌上有放東西，我以為是花生老弟的，便產生了興趣，所以去看看塑膠袋裡裝了什麼而已！」

光是這個階段，我個人就已經滿心想判妳有罪了。

「結果發現是甘王奶油麵包，我立刻看出這不是花生老弟的東西，而是葵花同學的，就判斷妳大概是忘在那裡，於是拿到廚房……對不起。我已經晚了一步參加流水麵活動，有點慌張，所以忘了告訴妳……」

「這麼說來，就是 Cosmos 學姊把東西從花生老弟的房間拿到廚房，然後有別人吃掉了這甘王奶油麵包！」

只憑這段證言，Cosmos 就被排除在嫌犯之外。果然變成懸案的機會很大。不過，她否認奶油麵包案時就沒有變成武士，所以她是凶手的可能性應該也很低。

「啊，對了，我和蒲公英一起補充麵線時，廚房就放著一個便利商店的塑膠袋呢。」

「我、我就說吧，小椿同學？嗯！那就是我拿過去的奶油麵包！」

先不說小椿意料之外的助攻……Cosmos 啊，妳的態度那麼自信滿滿，但妳身上還掛著擅自進我房間窩窩罪，以及擅自查看私人物品罪，妳可別忘了。

「這麼一聽下來還真是這樣！我也看到了！之後的情形我也記得很清楚！」

「之後的情形？蒲公英，妳這話到底……」

「當時我想拿麵線過去，結果不小心把袋子弄到地上……本來想晚點再回去放好！應該就是裝在那個袋子裡吧！唔哼！」

結果還不是忘了？我還以為會跑出什麼重要的情報，結果是來這招喔？

「所以，妳弄到地上又忘記，之後怎麼了呢，蒲公英？」
「我是現在才想起來，所以之後的情形當然不知道！」
我看還是把妳當凶手，可以嗎？
「呃，雖說我不知情，還是很抱歉把奶油麵包弄到地上……」
「不會，不要緊！只是這麼點小事，甘王奶油麵包還是生龍活虎！」
只是它現在才剛被殺掉不久啊……不過，若說蒲公英忘記，也就表示最可疑的是小椿和蒲公英回到客廳之後，沒待在庭院的人了？
那麼，讓我再度把書頁往回……咳，讓我用我超人的記憶力想起過去……
「……對了，下午兩點左右……翌檜不在庭院裡吧？」
「啊嗚！是、是這樣哩？」
妳整個變成津輕腔啦。也太老實了吧，妳。
「翌檜，下午兩點左右，妳在做什麼？」
「沒、沒有啊～～我記得是跟大家一起……」
「我再問一次……妳那時在做什麼？」
「……我人是在客廳啦……」
Cosmos 也好，翌檜也罷，問第二次就會回答，這是有某種慣例嗎？
「翌檜，妳在客廳做什麼？」

「那、那個……這……是因為……」
「因為？」
「～～～！」
這是怎麼了？翌檜滿臉通紅，甩動馬尾……
「我、我在客廳，和 Jasmin 姊說話！是聽我上次來時沒能聽到的，花生老弟以前是怎麼對姊姊撒嬌之類的種種……」
什麼？妳說……以前我怎麼對姊姊撒嬌……？
「Jasmin 姊都告訴我哩……不只告訴我花生老弟以前是怎麼對她撒嬌，還說了他中意的女生會有的一些小動作。我萬萬沒想到，他竟然喜歡那樣……」
那個臭老姊～～～！不要在我背後毀損我的名譽！
「我也不知道！翌檜，告訴我！」
「我也想聽詳情呢，翌檜。」
「我也是！我也想知道！翌檜同學，請務必告訴我！」
妳們幾個，別給我追問下去啊～～～！
「喂！這晚點再說，現在——」
「花生老弟，為了找出凶手，你必須忍辱負重！忍著點！」
「這是為了辦案嘛。花生老弟，你死心吧。」

「就是啊，花生老弟！我雖然也很難為情，但還不是努力回答了！」

調查我對找凶手一點幫助也沒有吧！

「翌檜翌檜！所以，花生老弟喜歡的女生類型是——」

「翌檜，當時妳看到奶油麵包了嗎？」

「花生老弟！你為什麼要礙事！」

還不是因為妳們幾個迷失了目標。

「呃……我發現裝著奶油麵包的袋子掉在地上，就拿到客廳的桌上。可是，我可沒殺它喔！而且我滿心只顧著調查花生老弟，才沒心思去管奶油麵包！」

「嗚嗚～～！又一個不是凶手！」

她否認的時候也沒變成津輕腔啊。所以，是不是表示凶手是她的可能性也很低呢？可是，照目前有的情報來把嫌犯一一排除，就發現Pansy、Cosmos、翌檜、蒲公英都已經不是凶手了。

這麼一來，就會變成凶手是小椿或小風……

「小椿娘娘才沒有殺它！除了和我去客廳的時候，她一直都在庭院！」

「嗯。蒲公英，謝謝妳呢。」

「哪裡哪裡，這點小事我當然要效勞了，小椿娘娘！」

第一次冒出了像樣的不在場證明啊。我用我超人的記憶力查證過，小椿她……除了去客聽一次以外，一直都好好待在庭院。

當然就我來說，無論有沒有不在場證明，我都認為絕對不是小椿。

小椿不可能做出這種事情……所以這麼一來，剩下的嫌犯就是……

「也就是說，最可疑的人是我了啊。」

這個人自己講出來了耶……

「特正學長，沒想到你外表端正，卻是個貪吃鬼耶～～！唉～～好遺憾喔～～！我還以為學長不是會做出這種事情的人呢～～！吱吱～～～～！」

有隻猴子非常得意忘形啊。

「特正同學，我的奶油麵包，你吃掉了……嗎……？」

「不，我沒吃。」

「唔哼哼哼！那就讓我們聽聽你的不在場證明吧！要是沒有不在場證明，就確定你是凶手！絕對是！不～～在場證明！不～～在場證明！」

這女的有夠煩……

「不在場證明……是吧……這……」

不過，坦白說，我確信小風不是凶手。

因為他有完美的不在場證明。

只是考慮到他的個性，他本人大概是說不出口……這種時候還是由我來說吧。

「呃～～下午兩點，奶油麵包不是放在客廳嗎？也就是說，我想東西是在那之後不見的。可是小風在兩點以後，直到大家一起收拾前，都一直待在庭院吧？」

「有人可以證明嗎？唔哼！唔哼哼！」

「……就是妳啊，蒲公英。」

「咦唷？是、是我？」

「兩點以後，妳不就和小風兩個人一直在說話？」

嚴格說來，是在進行沒有建設性的爭論就是了。

「聽學長這麼一說，還真是這樣！我一直在和特正學長說話！他平常明明那麼壞心眼，偶爾卻會講很溫柔的話，讓我有點感動！」

這種感想一點都不重要。

「哼……哼。所、所以我不是說了嗎……說凶手不是我。」

他雙手都比出了勝利手勢，但這也不重要。

「吱吱～～……好遺憾……」

「嗚嗚～～傷腦筋……大家都不是凶手……」

葵花說得沒錯，截至目前為止的偵辦，查出所有人都是清白的。

即使憑我超人般的記憶力，也很難再進一步辦下去。

「搞不好是收拾的時候，有人……」

「小椿，妳說的是什麼意思？」

「嗯。在吃流水麵的時候，誰都沒吃葵花的奶油麵包呢。那可疑的就是吃完之後呢。」

小椿真有一套。我看妳反而比葵花更適合當偵探吧？

「那麼，我再問大家一次！收拾東西的時候，大家在做些什麼？」

「我把各種餐具收好，拿到廚房去。」

「我和 Cosmos 會長一樣！我們兩個人分工合作，把餐具拿去給蒲公英她們！」

「我在收拾流水麵的器材。因為這需要用到力氣，應該最適合我。」

「我在庭院把垃圾集中到塑膠袋裡。」

「我在洗碗筷！說到洗東西，沒有人比得上我！唔哼哼！」

「我也和蒲公英一起呢。雖然有很多東西，但當時沒看到奶油麵包呢。」

「我在丟垃圾。把 Pansy 整理起來的垃圾和客廳裡的塑膠袋一起扔掉……」

……咦？對喔，收拾的時候，我是負責丟垃圾啊。

總之看到塑膠袋就先丟……

「花生老弟，你怎麼了？」

不妙……搞不好是我在收拾的時候弄錯，把奶油麵包給……

「沒、沒有！沒事！嗯！什麼事都沒有。」

我右手拇指和食指互搓，急急忙忙回答葵花。

等等，糟了！照這個情勢會……

「啊～～！花生老弟在說謊！才不是什麼事都沒有！」

我的謊話果然穿幫啦～～～！葵花，妳就只有對上我的時候偵探能力也太高了吧！

「花生老弟，你該不會吃了奶油麵包？就在收拾的時候！」

「才、才沒有！我是沒吃啦！」

「你說『是』沒吃……那你還做了什麼？」

精準抓到發言漏洞的Cosmos偵探登場了。

她每天在學生會開著熱烈的會議不是鬧假的啊……

「呃、呃……」

怎麼辦？有可能是我在收拾的時候不小心弄錯，跟其他垃圾一起丟掉了。

可是，一旦說出這件事……

「……也是。葵花，花生老弟似乎有可能是在收拾的時候，把裝著奶油麵包的塑膠袋和其他垃圾一起丟掉了。」

精準讀出我心思的Pansy偵探登場了。

我將來要是做了什麼壞事，馬上就會被這傢伙看出來吧……

「凶手竟然是助手！真是令人意想不到的大翻盤！」

「等、等一下！我的確是丟了垃圾沒錯，但葵花的奶油麵包——」

「花生老弟竟然是凶手……嗚嗚！虧我還相信你不是！」

Cosmos，問題還不是起因於妳非法入侵我房間！

為什麼所有罪都叫我扛！

「花生老弟……不，花灑，我再問你一次，奶油麵包，是你丟掉了嗎？」

根本沒怎麼活躍的葵花偵探一臉高深莫測的表情看著我。

其他人也莫名地一臉震驚，將視線集中到我身上……該、該死！

「……是。是我丟的……」

「嗚嗚～～！過分過分過分！竟然丟掉甘王奶油麵包！這種行為罪該萬里！」

是萬死吧。萬里的話，甘王奶油麵包就會去到很遠的地方了。

不，現在不是想這種事情的時候了……

葵花一臉氣呼呼的表情，朝我一指……

「去買甘王奶油麵包來！笨蛋！笨蛋！」

「……好啦……」

於是這令人悲傷的奶油麵包凶殺案，就這麼解決了……

——下午三點四十分　如月家　客廳。

「花灑一直不回來啊。是不是不應該只讓特正同學陪，我也應該一起去買呢？」

「小椿娘娘沒必要做到這個地步！如月學長第一個就懷疑我，想把罪推到我身上，這是他應當受的報應！唔哼～～」

「真是的！花灑竟然丟掉甘王奶油麵包，太過分了！」

「葵花同學，別氣別氣。事件都得到解決了，而且花灑同學也去買新的奶油麵包，這樣不就好了嗎？」

「講這個是有點離題，不過我真的嚇了一跳……真沒想到葵花玩抽鬼牌會這麼壓倒性地大勝……」

「嘻嘻嘻！我最會玩抽鬼牌了！任何人我都沒輸過！這樣終於追上啦～～！」

「小葵～～妳在吧？」

「啊！Jasmin 姊，怎麼了？」

「我都忘了，這個放在客廳，我怕有人不小心丟掉，就先拿到我房間去了。這是小葵的吧……來，請。」

「咦？這是……」

「嗯……是甘王奶油麵包啊。」

「……咦？咦咦咦咦咦咦？」

「怎麼啦，小葵？而且大家都嚇一跳？啊，妳們以為弄丟了，所以忙著找是嗎？對不起喔，我沒馬上說一聲……」

「不會，沒關係。可、可是……呃……花灑他……」

「怎、怎麼辦……都是我們害花灑他……」

「……這下可不妙了啊……」

「糟糕了！我還以為花灑就是凶手，所以才……」

「我、我想還是乖乖道歉比較好呢！花灑太可憐了呢！」

「不、不行，小椿娘娘！一旦被如月學長知道是我們弄錯，誰知道他會做出什麼樣的要求……還是別說吧！就隱瞞到底吧！唔哼！唔哼哼！」

「嗯～～……該不會現在變成奶油麵包不見是雨露的錯？」

「就是這樣……我叫花灑去買新的回來……怎麼辦，Jasmin 姊？我得跟他道歉才行！嗚嗚～～我會被花灑討厭……」

「呵呵，別那麼慌，花灑不會因為這點小事就討厭小葵的。而且有個方法比道歉好，不用擔心。」

「真的？Jasmin 姊，我該怎麼做才好？」

「那麼，可以請大家來我房間一下嗎？」

——下午四點　如月家　玄關。

好累……不愧是限量的甘王奶油麵包。

到這個時間還有剩的店已經很少，我一共繞了十三間店才勉強買到……雖然幸運買到夠大家分的量，支出實在很傷荷包，但也算是因禍得福吧。

不過啊……真的是我丟掉的嗎？

好歹也是葵花那麼寶貝的東西，總覺得我應該不至於會不小心丟錯啊。

「小風，謝謝你陪我啊。有你幫我分頭找，幫了我大忙。」

「比起你對我施的恩，這點小事根本沒什麼大不了。沒想到……萬萬沒想到，我竟然能和蒲公英去海邊！我現在好想感謝誕生在這世上的萬物啊！」

要是你在她本人面前也能這麼坦白，早就順利搞定了啊……

算了，沒關係。都到家了，趕快把奶油麵包分給大家吧……

「「「「「主人，歡迎回來蹦！」」」」」

「…………」

嗯？是幻覺嗎？為什麼我家會出現大量小兔兔？

「今天各位還排了化妝舞會行程嗎？為什麼會有五具埴輪打扮成兔子？」

看來不是幻覺。

小風明明應該跟我看到一樣的東西，眼前卻是完全不同的光景，這樣的發言讓我認知到這是現實。

可是，他只把蒲公英認知為人類，所以呼吸不是普通的喘。

「辛苦了蹦，主人！來，請主人到裡面好好休息蹦！」

第一個勾住我手臂的，是葵花兔兔。

她的笑容天真爛漫，卻顯得有些尷尬，不看我的眼睛。

「呃，主人，要是您累了，我幫您按摩……蹦。好、好難為情……蹦。」

接著是滿臉通紅，說話卻讓我龍心大悅的 Cosmos 兔兔。

不管怎麼說，所有人都莫名穿起兔女郎裝歡迎我回來。

「……主、主人，請不要太盯著人家看蹦。」

Pansy 兔兔穿起全套兔女郎裝也難免害臊起來。

她雙手遮住胸部，忸忸怩怩……可是，這樣反而更A。

據我推想，事情會變成這樣，主嫌是……

「雨露，欠你的人情我可還清嘍。」

想必就是這個姊姊不會錯。

大概是因為她自己扮兔女郎，而我沒覺得開心，她就另外找了藉口讓葵花她們扮起了兔女郎。

「唔哼哼！特正學長也辛苦了！來，趕快進來吧。」

「不要靠近我！妳這婊子！小心我把妳燉成雜膾兔湯！」

「咿～～～～！總覺得好可怕！特正學長的表情凶得像惡鬼一樣！」

「蒲公英，妳再靠近我試試看啊。這個家，會出人命……」
「出、出人命！到、到底為什麼？」
「想也知道是心臟會爆裂！」
「這是怎樣！」
原來如此，所以是小風的心臟會怦怦跳得太厲害，承受不住而死是吧。
邀這個人去海邊真的不要緊嗎……？
算了，沒關係。現在更重要的是……
「嘻嘻嘻！希望主人打起精神蹦！一起吃奶油麵包蹦！」
該好好享受這小兔兔天堂嘛！
好猛啊，這情形！呃，真的很猛！大家都超可愛的！
「呵呵！小葵，我早上教妳那招，妳就用在雨露身上吧。」
「嗯，知道了蹦！那麼……葵花兔兔，俯衝攻擊！」
喔喔！葵花撲過來摟住我的脖子了！
這就是今天早上姊姊傳授給她的騷貨新招嗎！
呃，可是似乎又和以前沒什麼兩樣…………啊嗚！
「……謝謝你，花灑♥」
她在我耳邊甜蜜地輕聲細語！啊啵啵啵啵！葵花輕輕呼出來的氣直接噴在我耳朵裡！

這、這招式好可怕……！我想感謝誕生在這世上的萬物啊！

「……花灑，你高興嗎蹦？」

「高、高興！我有夠高興的！」

「真的？太棒啦～～！那我們一起吃奶油麵包吧！謝謝你去買來！還有，呃…………對不起喔！」

「好！雖然不太清楚是怎樣，但別放在心上！我又沒生氣！別說這些了，來，我買了每個人的份，趕快來吃吧！」

「嗯！就這麼辦！跟花灑一起吃才好！嘻嘻嘻！」

謝啦，姊姊！我真的很慶幸妳回來老家！

所謂辛苦得到回報的瞬間，講的就是現在這一刻啊！

【我有點怕寂寞】

今天我以學生會業務助理的立場來到了學生會室。說是業務助理，其實業務已經做完，所以學生會的成員全都回家了，只剩我和 Cosmos。

「花灑同學，今天很謝謝你。你來幫了我大忙。」

「哪裡，我只是把擔任書記的技巧傳授給新的書記……」

「就算這樣，還是很感謝你。山田久違地和你一起參加學生會活動，也顯得很開心。」

順便一提，山田是會計。

不怎麼重要，我就只簡單介紹一下。

山田同學，路人，完畢。

「第二學期的活動琳瑯滿目，是學生會最繁忙的時期。運動會、繚亂祭，還有……就是決定新任學生會長的學生會總選舉了。」

最近老是只看到 Cosmos 很少女的一面，所以和這種冷靜沉著的她相處有種闊別已久的感覺。她在學生會裡就會很鎮定啊。

「首先是眼前的運動會，已經順利排進行程，這樣明天我也就可以放心去海邊了。」

那太好了！畢竟要是看不到 Cosmos 穿泳裝的模樣，樂趣就會大減啊！哎呀～～好期待看到大家穿泳裝的模樣啊～～！嘻嘻嘻……

「花灑同學，你的臉變得有點下流喔。」

「……啊！對不起！我、我忍不住！」

「嘻嘻！我喜歡你這種老實的個性，所以不用道歉。」

唔！平常她都會更少女地害羞起來，但大概是因為現在處於學生會長模式，態度格外老神在在。前陣子的呱莉娜迷跟這個人，真的是同一個人嗎？

「我真的很感謝你。多虧你，我才能交到許多以前的我根本想都不用想的好朋友。拜你所賜，我每天都非常開心。」

「哪裡，彼此彼此，而且，那個……我對大家……」

「的確，日前地區大賽決賽後，你給我們的回答相當令人生氣。」

「唔！」

就是說啊～～！她說得太中肯，我完全無法反駁……

「可是，說來沒出息……我其實也有點鬆了口氣。因為無論自己的情感會不會有回報，都會有人受傷，這實在令人心境複雜……而且雖然是那樣的形式，能讓你說『喜歡』讓我嚇了一跳，但我也非常高興。」

「那……太好了……」

「當然，我不希望一直都是這樣，我相信這部分你一定會解決的。」

「……我會盡力。」

「唔。現在我就饒了你，讓你只回答到這裡吧。」

我們現在的關係，是在撇開目光不去看一個特大號問題後才構成的，一種所謂「溫水」似的狀態。所以，總有一天非解決不可。

如果想拖是可以拖下去，但我打算在第二學期之內做個了斷。

「話說回來，跟大家愈熟就愈是羨慕大家耶……」

「咦？」

「坦白說呢……其實我對葵花同學、翌檜同學、小椿同學還有 Pansy 同學，都懷有一種自卑感。」

「自卑感？Cosmos 會長有自卑感？」

不不不，妳哪裡有必要自卑了？

Cosmos 功課好，烹飪也拿手，個性也好。

從某種角度來看，可說是我們之中比任何人都更加完美無缺的女生。

「一年這道牆壁，對高中生來說，實在太厚了點啊……」

「啊……！」

是喔，原來如此……聽她這麼一說，還真是這樣。我們之中只有 Cosmos 是三年級生。

也就是說，今年就是她高中生活的最後一年，而她也將比我們之中的任何一個人都早畢業……

「再過一陣子，我就會從這間學校畢業。可是，大家還有明年，我還是好羨慕……我已經沒剩下太多時間了。」

「…………」

「其中最讓我覺得寂寞的，就是教育旅行了吧。大家在札幌玩的時候，只有我得待在學校等待……對吧。」

Cosmos 連連翻動愛用的 Cosmos 筆記本，吐露了心聲。

的確是啊……我們並不是可以一直在一起。

當然，即使高中畢業，我們還是可以維持聯絡，但見得到面的機會多半會隨著長大而愈來愈少。現在我只能想像，但既然上了大學，就會有新的生活等著她，她也就必須專心去過好新的生活。

「只是，正因為這樣，我也打算全力去享受剩下的時間就是了！」

Cosmos 啪一聲合上筆記本，抬起頭來，露出開朗的微笑。

「時間很少不也代表絕非沒有時間嗎？所以，我打算在有限的時間內卯足全力去拚！不管友情……還是戀愛！」

「是、是嗎……」

「所以呢，花灑同學！今天就是暑假當中唯一一次你和我獨處的時間。坦白說，我準備了便當過來！雖然現在時間有點不上不下，要不要一起吃？」

Cosmos 滿臉通紅，盡力隱藏起平常那少女的模樣，以成熟的模樣對我這麼說。

這是她特地為我做的便當，我當然要吃。

「好的，我要吃。」

「好的，要被吃了。」

聽了 Cosmos 熟悉的口頭禪後，我開始吃她為我準備的便當。

還是一樣……不，今天的便當比平常更好吃啊。

尤其是這燙茼蒿。一想到她是特地為我做的，就覺得光衝著這一點，都會讓滋味變得更有深度。

「咦？花灑同學，你臉頰沾到飯粒嘍。」

「啊，真的。謝謝妳，Cosmos 會長。」

「咳、咳！真、真拿你沒辦法啊。好～～！這種時候就由我來——」

我輕輕取下臉頰上沾到的飯粒，往自己嘴裡一扔。

「啊！」

「咦？」

「啊、啊、啊～～……」

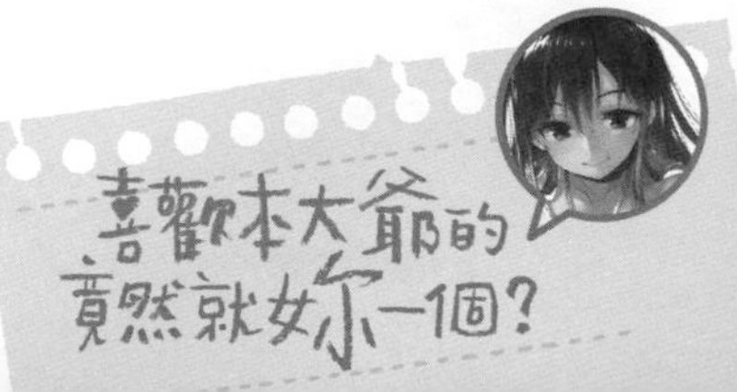

嗯？Cosmos 怎麼嘴開開合合的，露出沮喪的表情……

「請問，Cosmos 會長，怎麼了嗎？」

「沒什麼。我只是剛下定決心，決定下次不要事先告知。」

「是喔……是這樣啊……」

「花灑同學，你對別人的心情很敏銳，對自己的心情卻有點遲鈍吧？下次要多注意。」

「對不起……」

呃，剛剛那個和敏銳或遲鈍扯不上關係吧？

「真是的……下次要由我來拿！還有，我臉上沾到飯粒的時候要幫我拿！這是學生會長的命令！」

濫用職權也該有個限度……可是，這個空間我也只能享受到今年為止了。

再過一陣子……等到了明年……Cosmos 就會離開了。

那亂七八糟的念書法、好吃的便當、慌慌張張的少女模樣、其實非常幼稚……以及很靠得住的學生會長風範，這種種 Cosmos 都會不見……

一想到這裡，就困在一種彷彿胸口開了個大洞的錯覺中，讓我覺得好寂寞……

我們的指叉球

我期盼已久的日子終於來啦！

現在我們所在的地點是某個車站。燦爛的太陽照耀著世界，清爽的風把鹽的芳香送進我的鼻孔……沒錯！今天就是我在暑假之前，好不容易才跟她們講好的最重要的約定之日！是我期盼已久的和大家一起去海邊的日子！

「天氣真好啊，花灑！正是最適合去海邊的日子啊！今天我會讓你見識見識我鍛鍊再鍛鍊的肉體美，你等著看吧！我們要玩海灘搶旗啊！海灘搶旗！」

「嗯，對啊！小桑！」

而且和上次的流水麵不一樣，這次小桑也會在場！

他明明練球忙得不得了，卻願意花費寶貴的休息日，實在令人感謝！

「唔哼哼哼哼！相信這高照的豔陽，會讓我這太美麗的身體更加亮麗！如月學長，我明白你很期待看到我穿泳裝的模樣，但不可以太興奮喔！」

「放心吧，蒲公英。關於這一點，我有把握絕對沒問題。」

反而是有個傢伙比我更期待看到妳穿泳裝的模樣幾百倍，剛剛那句話妳留著對他說吧。

看，在我身後……

「終於，來到這一步了啊……究竟我能不能活下來呢？」

不就有個傢伙一臉要上戰場似的表情嗎？這小子絕對會高興，再不然就是會高興死。

「來海邊我是很期待，但又有點憂鬱呢。我……那個，胸部不太……」

「我懂的，小椿！妳的心情，我非～～常懂！」

「不用擔心，小椿、翌檜！我們還在成長期啊！」

前方可以看到對「某個部位」的發育沒有信心的三人，以不同於小風的觀點，露出要上戰場似的表情。不過，似乎只有最後一個尚未放棄希望。

「呵呵呵，好期待喔～～！沙灘排球還有打西瓜……啊啊！只有今天一天，不知道能不能全部玩完！」

「不用那麼擔心啦，Cosmos 學姊！我們有很多時間。」

「是嗎？……嗯！說得也是！謝謝妳，Pansy 同學！」

相對的，「某個部位」發育太好的兩人則顯得老神在在。

她們兩人開心地討論要在海邊玩什麼。

不過呢，由於人數很多，就先來整理一下……來到海邊的成員陣容是，男生有我、小桑和小風；女生有 Pansy、Cosmos、葵花、翌檜、小椿與蒲公英，男女合計一共九個人來到了這海邊。

我的目的當然是和穿著泳裝的大家一起玩得嘻嘻哈哈……可是，其實我今天還另有一個不為人知的目的。

以前小風找我商量，說他的願望是「希望能和蒲公英正常說話」。
今天我就打算想辦法實現他的這個願望！畢竟麻煩事還是盡快解決才好！
為了避免像上次那樣的長期抗戰，這次我要設法盡快解決！
然後，我要用清爽的心情把剩下的暑假玩個痛快！
「今天的目標是增加五〇……增加一〇〇個棉毛粉！而且相信大賀學長今天肯定會成為棉毛粉！……唔哼！唔哼哼！真是令人非常期待！」
「蒲公英，妳的腦子裡就沒有謙虛這個字眼嗎？反正妳那些無聊的圖謀都會失敗，還是乖乖在海邊玩個痛快吧。」
「這和特正學長無關吧！唔哼～～！」
呵，我說你們兩位啊，你們也只有現在才能鬥嘴嘍。
等這海水浴結束，我就會讓你們之間的關係要好得不得了啦！

＊

之後我們從車站走了大約十分鐘的路程抵達海邊後，為了先在到沙灘占位子之前換好衣服，於是前往附近的海濱小屋。
「那麼，花灑同學，等換完衣服，可以麻煩你和小桑還有特正同學一起去占位子嗎？」

「好的，請包在我身上，Cosmos 會長。因為我想我們男生應該會先準備好。」
「呵呵，真靠得住。那就拜託你們嘍。」
我們本來就已經把泳褲穿在褲子底下才來到這裡，只要脫掉褲子就行。
實際上根本不需要去更衣室。
「花灑同學，不可以來偷看我們換衣服喔。」
「哈！Pansy，我怎麼可能會偷看？」
「是嗎？你的身體有80％由性慾構成，我覺得非常可疑耶。」
說我性慾跟水的比例一樣高，這是怎麼回事啦。
……不過，妳這下可不是埋了個好的伏筆嗎？照這樣看來，那一位出場的時候已經不遠了……
「我不是說過不用擔心嗎？而且除了我們以外又沒有別的客人，要是做這種可疑的事，馬上就會被發現啦。」
「是啊，你說得對。」
「對吧？所以，妳們儘管放心吧。」
「……那麼，為防萬一，我先跟你說一聲，建議你千萬『不要有多餘的念頭』。」
真是的，Pansy 在說什麼啊？
不用做這種沒走錯半步都會變成犯罪的事情，也完全沒有問題！

畢竟我有個太偉大的好伙伴！

所以呢，我進了男更衣室後，默默地脫掉衣服，開始統一精神。

來到海邊，在晚點盡情欣賞大家穿泳裝的模樣之前，怎麼可以沒有換衣服的場面呢！

相信現在 Pansy 她們差不多進了女更衣室……

也就是說！她們肯定正處於一絲不掛的狀態！

機會難得……乾脆就衝個脫光光的？衝吧衝吧！

那麼，開場白太長也不太對，就讓我馬上開始召喚那位站在我這一方，能夠將妄想化為現實的偉大天神吧！

咿～～～呀喝～～～～！我們親愛的世界支配者（插畫師）……天神（ブリキ）啊！請賜給我力量——

「喔！特正，你身材很精壯耶！果然打者就是要靠腹肌和背肌啊！唔～～！讓人看得痴迷啊！所以你的揮棒就是靠這些肌肉打出來的啊！」

「呵……大賀你的上臂三頭肌也相當不錯啊。沒有這種肌肉，就投不出那種球速。不愧是我的好對手。」

糟、糟糕！腦子裡多了不該有的雜訊！

等一下啊，天神（ブリキ）！要是現在動用您的神力——

咿啊啊啊啊啊啊啊啊啊啊！眼睛和腦袋同時受到重創啦啊啊啊啊！

就算閉上眼睛，景象還是強制印在腦中～～～！

唔唔唔唔……難道說，Pansy 就是預見到這個地步才會有剛剛那樣的發言？

她的超能力到底是有沒有這麼誇張……昏。

＊

之後，受到天神制裁的我帶著憔悴的表情去海邊占位子。

看著小孩拿著水桶和鏟子玩沙，就會覺得有點溫馨。

我也曾經有過那麼純真無邪的時代耶～～雖然現在已經在各種層面都被弄髒了。

「花灑，怎麼啦？你臉色很蒼白耶。」

我正看著孩子們嬉戲，我的好朋友就展現他那透過運動鍛鍊，肌肉隆起的身體，在我旁邊坐下。他的體格好得就算待在調查兵團都不為過。

「別放在心上，小桑。我只是有點得意忘形，結果遭到天譴而已。倒是這裡的位子我會占著，你去游泳沒關係。」

「你在說什麼啊！既然花灑要在這裡等，我當然也要一起等吧！然後啊，晚點我們來玩海灘搶旗吧！旗子我也都準備周全了！」

小桑說著，一臉熱血的笑容拿出藍旗給我看……嗯，晚點再來玩吧。

「……久等了，花灑同學、小桑。謝謝你們幫忙占位子。」

「嗯，是Pansy啊？比我想像中要快！！！」

不行！不行啊，Pansy！妳穿這樣不行啦！

我還以為她會穿著比較不起眼的泳裝來，沒想到竟然是露出真面目，穿著繞頸肩帶比基尼！

而且還從纏在腰上的沙龍裙底下微微露出大腿…………這也太A了吧！

不妙！雖說暑假期間在學校以外的地方都會看到她露出真面目，但這種打扮實在……！

「喔！Pansy，妳穿這泳裝挺好看的嘛！……等等，花灑你怎麼啦！擺出這種像是超級英雄著地的姿勢……」

「別、別在意我……」

所謂超級英雄著地姿勢，就是蹲下身，右手、右膝撐在地上的一種從高處著地的方法，是美國漫畫變身英雄專用的姿勢。聽某人說這樣「對膝蓋不好」。

至於我為什麼採取這樣的姿勢，就任憑各位想像了。

「花灑同學……呵呵，你在做什麼呢？」

住手啊～～！不要用這種抱緊自己雙腳腳踝的姿勢坐在我面前！

妳絕對是故意的吧！……不妙，雖然我一直期待，卻無法直視……

「久等啦，大賀、花灑，我去借了海灘傘來。」
「喔！謝啦，特正！我說啊，Pansy，其他人呢？」
「我想再過一會兒就會來了。我是因為比較早準備完，也就先過來。」
「唔。聽這聲音是三色院？……真是的，海邊這種地方實在棘手。埴輪太多，要分辨清楚誰是誰可就困難到了極點。」
「我想應該只有你這樣。」
不愧是埴輪男子。看到這樣的Pansy，似乎還是毫無興趣。
「……對了，花灑啊，你在做什麼？」
「沒事。再過一陣子，你也會明白的……」
「你在說什麼莫名其妙的話？我哪有理由擺出那種姿勢——」
「唔哼哼哼！讓大家久等了！蒲公英，以閃亮的比基尼裝登場了！」
蒲公英帶著傻呼呼的笑容，穿著大理石紋的白黃比基尼出現。
一看到她的瞬間，小風的反應是……
「這！……哼！」
「喂喂，連特正也擺出這種像是超級英雄著地的姿勢，到底是怎麼啦？」
果然變成這樣啦……
看樣子男生裡面能正常活動的就只有小桑。

「我明白了……這的確是不得不變成這樣啊……」

「我就說吧？」

「你們幾位，接下來真的可以在海邊好好玩嗎……哎呀，其他幾位好像也來了。」

我們兩個一起擺出帥氣的姿勢，穿著泳裝的各位就陸續過來了。

也因為她們一個個都是美女，自然把海灘上的視線都吸引了過來。

「嗨，各位！久等了！所以我們要來玩什麼？打西瓜……還太早，我想打沙灘排球！」

Cosmos 和平常不一樣，換成了馬尾髮型，露出性感的頸子，身穿淡粉紅色比基尼，雀躍地做出這樣的發言。這讓我更加無法解除現在的姿勢。

「還好天氣這麼好！太陽暖呼呼的，曬起來好舒服！」

翌檜穿著藍色比基尼，張開雙臂開心地微笑。

說來有點失禮，但或許是因為她在 Pansy 與 Cosmos 之後登場，讓我心情鎮定了些。

呃，她是有夠可愛的啦，可是，那個的尺寸還是有差嘛。

「……花灑和特正同學怪怪的……不過算了，應該沒關係呢。」

小椿穿著紅色連身泳裝，小聲喃喃自語。

但願沒被她發現我們為什麼變成這樣。

「各位，一開始妳們女生自己去玩就好！我們先在這裡把特正借來的海灘傘架好！」

「咦～～！我也要幫忙啦～～！架好以後，小桑也一起來玩吧！我想和小桑一起玩！」

葵花穿著黃色背心型兩截式泳裝，笑著邀小桑一起玩。

要是被她穿那樣使出平常那些騷貨招式，事情大概會一發不可收拾……

「哈哈！放心吧，葵花！我又不是不一起玩！晚點我就會去會合，讓妳見識見識我玩得多熱血，妳可要做好心理準備！」

「唔～～……是嗎？那我們就接受你的好意了！」

「好啊！儘管接受個夠！」

「那我們就來打 Cosmos 會長說的沙灘排球吧！哼哼哼！前天的抽鬼牌我一敗塗地，可是今天我會好好贏回來的！」

「我也不會輸的，翌檜。」

「那我們就來分隊，打沙灘排球分個高下吧！呵呵呵，好開心耶～～」

啊～～沙灘排球……我也好想參加啊……

可是在這個狀態下，我大概根本沒辦法好好打，現在還是感謝小桑吧。

之後由於女生群離開，讓我和小風終於勉強能恢復正常的姿勢。

然而小風興奮不減，說了要去讓腦袋冷靜冷靜，就往海邊踏上旅程了。

因此，現在我和小桑兩個人架好了海灘傘後，就在塑膠布上悠哉休息。

好了……總算平靜下來，差不多該來想想這次的問題了吧。

「讓小風能和蒲公英正常說話」。

考慮到他們兩個人的個性，多半會覺得要達成這個目標相當困難。

但這樣想就大錯特錯了。

坦白說，我估計只要完成某個條件就能輕易達成這個目標。

那就是……「讓蒲公英喜歡上小風」！

蒲公英是忠於本能的野生動物，因此只要她喜歡上小風，不管小風對她說話多過分，相信她都會學不乖地死纏爛打。

這樣一來，小風遲早會習慣而能夠正常說話，這樣的可能性很高。

我也想過要用什麼手段來治好小風的傲嬌，但傲嬌是不治之症。

因此，除了趕快讓他們兩個相思相愛，進入撒嬌期以外，別無其他手段可以解決。

……然而，這個計畫有唯一一個重大的問題。

那就是讓蒲公英喜歡上小風的手段。換作平常，我會照慣例開始進入任務構思模式，但這次實在是想不太到什麼方法啊～～該怎麼辦好呢……

「我說啊，花灑……所以你打算怎麼辦？」

小桑在周遭只剩我們兩個的時間點，帶著熱血笑容問起這樣的問題。

也是啊～～小風的忙固然要幫，但只忙著幫他也未免太寂寞了……

「要不要先來玩一下你說的海灘搶旗？」

「啊，我可不是指這個！……我是指，要怎樣讓特正和蒲公英要好！」

「啥？……啥啊啊啊！」

等一下！小桑為什麼會知道這個啦！

「喂喂……你怎麼啦？表情那麼震驚。特正不就是為了這個目的才來海邊的嗎？」

「……小桑，你早就發現了？」

「哈哈！還好啦，畢竟以前那段日子不是白混的！我對這種事可是滿懂的喔！特正前幾天在小椿店裡和蒲公英說話的時候就有夠開心的啊！所以，我馬上就看出來了！」

只從這麼點跡象就看出來，這個人是有沒有這麼敏銳……

「特正不就是想和蒲公英變要好嗎？然後，花灑不就是要幫他嗎？既然這樣，我身為你的好朋友，當然也會幫忙！」

「這樣好嗎？這是你難得和大家一起來玩的寶貴假日……」

「沒問題！休假要怎麼過，本來就因人而異吧？我只要能和大家一起做些什麼事就夠開心了！這就是所謂重要的不是去哪裡，是跟誰在一起嘛！」

小桑太體貼，讓我眼淚都流出來了！我真的好慶幸跟這個人是好朋友！

「所以花灑，你打算怎麼辦？計畫你已經想好了吧？」

「對，關於這一點，我是覺得──」

之後，我把自己的想法告訴了小桑。

說我認為只要蒲公英喜歡上小風，這次的事情就有辦法解決。

「的確，說不定這才是最好的方法！畢竟特正的個性沒這麼容易改，還是改變蒲公英的心意比較好！」

小桑，你這等於是在說改變蒲公英的心意很簡單吧。

他們在棒球隊認識這麼久，真不是認識假的啊……雖然我也同意啦。

「只是啊，花灑，你打算怎麼讓蒲公英喜歡上他？」

「問題就出在這裡啊～坦白說，我是男生……不太懂女生的心意……小桑你呢？」

「我對這個也沒自信啊！女人的心意，我大部分都不懂！」

雖然反過來說，女人對男人的心意多半也有很多不懂的地方啦。

「可是……有一個方法可以知道！」

「咦？有這樣的方法……等等，小桑，你該不會是說……」

「嘿嘿！不愧是我的好朋友！你明明就完全懂嘛！沒錯！既然我們這些男生不懂……」

「就去請教 Pansy 這些女生吧！」

呃，可是，她們……

就說她是我最不好問的對象了！

＊

……傷腦筋。這下可非常傷腦筋啊……

小桑提出了「去請教女生，問她們在什麼樣的瞬間會對男生心動」作戰。

我認為既然想不到任何方案，這個提議就非常好。

然而，可是！畢竟我和 Pansy 她們的關係正處在非常棘手的狀態。

在這樣的情勢下，一旦我去問她們這種問題，就有可能產生不必要的誤會。

所幸小桑說：「在去問之前，我先去買大家的飲料！」於是就去幫忙買飲料，讓我有了一段時間可以做好心理準備……但現況就是我只是在浪費這寶貴的時間。

「該怎麼辦好呢～～……」

我還做不出徹底的覺悟，「發呆」看著天空。

唉～～……誰來替我問問 Pansy 她們啊——

「哎呀～～？這不是如月同學嗎？竟然在這種地方遇到！好巧喔！」

「什麼？……什麼～～～～～！」

突如其來的千金小姐口氣的說話聲。有人叫我，所以我回頭一看，就看到一個女生站在那兒。她有著令人想起某某夫人的捲髮、不是普通長的睫毛，以及閃亮得令人想問有幾克拉的眼睛。
這、這位是……
「…………發、發呆子學姊！」
是西木蔦高中三年級，啦啦隊隊長……名字太有個性的大千本槍子學姊。
順便說一下，是姓「大千」，名叫「本槍子」，大家可別弄錯了。
不對，等一下！為什麼這個人會穿著啦啦隊服出現在海邊？
又給我在這短時間內加進奇怪的設定！
「Non non non！如月同學，你這叫法不對吧！請你滿懷敬愛地叫我『大千本槍(Gerbera)』！喔呵呵呵呵！」（註：日文「大千本槍」即為大丁草）
喔呵呵呵！我絕對不用暱稱叫妳……
「呃……學姊……妳穿這樣到底是？」
「喔～～呵呵呵！因為我是啦啦隊隊長！」
這根本不成理由。要是全國的啦啦隊隊長都會在海邊穿成這樣，那真的會嚇到我。
「是、是嗎……」
「哎呀，如月同學，看你這表情……是不是有什麼煩惱？」
「是啊，算有吧……」
「真拿你沒辦法！俗話說百年修得共啦啦……」

不要說了。不要再堆出奇怪的形象。我從來沒聽過這種諺語。
「如月同學的煩惱，就由本小姐來解決！」
「咦！學姊會幫忙解決？」
「Of cour～～se！那當然了！身為啦啦隊隊長，這是當然要有的素養！」
最近的啦啦隊隊長太厲害啦！萬萬想不到會有這種天上掉下來的幸運！
也就是說，發呆子學姊願意代替我去問 Pansy 她們對吧！
「謝謝學姊！那我們馬上——」
「好的！我會全力為你加油！如月同學，準備好了嗎？」
「……啥？」
「Fight～～！Fight～～！如月！卯起來問下去，一次搞定！」
「呃……學姊？」
「Fight～～！Fight～～！讓顫抖的心火熱到燒個精光……你要說什麼～～？」
「妳不是會幫我嗎？」
「想也知道，當然是為你加油啊～～！因為我是啦啦隊隊長！」
竟然只有加油喔～～～～！根本一點用都沒有嘛！
「好了，如月同學！我已經用我山吹色的加油疾馳（Sunlight Yellow Cheerdrive）為你注入了充分的加能！這樣一來，萬事都會順利解決！」

加能是什麼東西？加油能量的縮寫嗎？
「喂～～！花灑！久等啦！飲料我已經買好啦！」
「啊，小桑……呃，發呆子學姊不見了！」
只不過稍微移開目光，人就給我消失了！我放眼看向四周，哪兒也找不到啊！
「怎麼啦，花灑？看你一臉驚訝的表情。」
「沒、沒有啦……一直到剛剛這裡都還有另一個人在，是發呆子學姊……」
「咦？是喔？我倒是只看到花灑啊……」
這是什麼情形？

我被灌滿了不太派得上用場的加能，和回來的小桑會合，一起到 Pansy 她們打沙灘排球的地方。
「喔喔！大家打得很起勁啊！」
「就是啊。還是等比賽結束再問吧。」
比賽是 Cosmos 與翌檜一隊，葵花與 Pansy 一隊。
蒲公英和小椿站在球網附近擔任裁判，展開白熱化的對抗。
「Cosmos 會長！拜託妳了！」
「好，包在我身上！翌檜同學！……嘿！」

「……！」

「太棒啦！得分啦！」

Cosmos 使出渾身解數攻擊，Pansy 想飛撲救球但失敗。

Cosmos 與翌檜隊得到了漂亮的一分。

「這樣一來，就是 Cosmos 學姊和翌檜獲勝了呢。」

「太棒啦～～～～～～！翌檜同學，舉球舉得漂亮！謝謝妳！」

「哼哼哼！我雖然參加學藝性社團，但為了採訪練出的敏捷腳步發揮了作用啊！我說到做到，大獲全勝啦！」

「唔～～！輸掉了！好不甘心～～～～！」

「對不起，葵花，是我拖累妳了……」

「不會，沒事的，Pansy。妳很努力，是她們兩個太厲害了……」

Cosmos 與翌檜大肆慶祝，Pansy 與葵花則猛烈沮喪，形成鮮明的對比。

何必那麼沮喪……妳們真的那麼想打贏這沙灘排球？

話說回來，Pansy 竟然會全力運動，這可讓我看到了相當罕見的光景啊。

「那麼，比賽也打到一個段落了，我們休息一下吧……啊，花灑還有小桑。」

當裁判的小椿發現我的存在，朝我露出溫和的笑容。

「辛苦了！這是慰勞妳們的飲料！大家一起喝吧！」

「嗯，謝了，小桑。那我們就不客氣了呢。」
說來這休息的確是問問題的絕佳良機，但在這之前有一件事非得先解決不可。
我必須想辦法……
「咦？如月學長，你怎麼啦？用那麼興奮的視線看著我……啊！我看是我穿泳裝的模樣太美麗，讓你再也忍不住了吧！唔哼！唔哼哼！」
支開這個白痴才行……
「我說啊，蒲公英，我啊，對棉棉舞有點興趣，可以過去那邊教我嗎？妳也知道，我想好好練一下！」
「喔喔！沒想到大賀學長會說出這麼棒的話！這就是所謂的泳裝效果嗎！真沒辦法耶～～！我就破例教學長跳吧～～！唔哼哼！」
小桑，幹得好！你這可不是漂亮地把蒲公英從大家身邊引開了嗎！
那麼，我這邊也……坦白說，這問題非常難以啟齒，但還是問吧……
「我說啊，我有點事情想問大家，方便嗎？」
「問我們嗎？什麼事啊？」
「呃～～……」
管他那麼多！我的座右銘是決定要做就要做個徹底！一口氣問出來！
「該怎麼說，可以請妳們告訴我妳們在什麼樣的瞬間會對男生心動嗎？」

「咦！呃、呃……為什麼要問這種事情？」

「哇！哇哇哇哇哇！被問到超猛的問題了啦！」

「喔喔？你問這問題可就挺有意思了耶～～！」

「哦～～……是這麼回事啊……」

「我猜到了。」

Cosmos 與葵花滿臉通紅地慌了手腳，翌檜露出賊笑看著我，小椿與 Pansy 則似乎猜到了些什麼。

「我想當作參考。那個，可以告訴我嗎？」

不要慌。要是這種時候連我都害羞起來，只會讓誤會更大。

這種時候就要營造出一種「這種事又沒什麼大不了感」來獲取情報！

「是、是這樣啊……我是只要對方願意陪我一起玩就會很開心了。那個……如果問我想要什麼，我想要的是這個人的時間……」

「我也和 Cosmos 學姊一樣！只要願意陪我就好！只要這樣就夠了！」

唔！妳們兩個，說話可真令人高興……

「這樣啊。呃……謝謝妳們告訴我。」

從葵花和 Cosmos 口中問到的方案，應該算是「一起體驗同一件事」吧。

這招聽起來有辦法試試看。就找機會試試吧……

「我大概是知道對方暗中對我好呢。」

「我的情形是遇到危機的時候對方救我，我就會心動！說來有點難為情，但我就是會覺得自己好像變成了公主，非常幸福！」

「原來如此……謝啦，小椿、翌檜。」

嗯～……先不說小椿的「知道對方暗中對我好」，翌檜的「從危機中拯救我」聽起來有點難啊……

畢竟蒲公英這個女生，說她的身體是由麻煩構成的也不為過，沒這麼容易陷入危機。也罷，真的這麼碰巧遇到機會再說吧。

「以這次的情形來說，我看還是坦白說出自己的好感比較好吧？我覺得照她的個性來看，想必只要這樣就會順利了。」

「喔、喔喔……謝啦，Pansy。」

Pansy 的作戰是「直接表達好感」。

的確，以蒲公英而言，她又希望增加棉毛粉，光是這樣應該就會開心。

而且她無敵好打發，有可能會得意忘形地講些「原來特正學長是低調棉毛粉啊～～！所以才會忍不住對我使壞呀～～！唔哼哼哼！」之類的話，就這樣跟小風變得要好。

「謝謝妳們大家告訴我這麼多……那我去找小桑一下，晚點見。」

「知道了！好～～！那麼，接下來就大家一起打西瓜吧！」

「Cosmos 學姊，我去一下海濱小屋。請別管我，要玩打西瓜儘管玩吧。」

「是嗎？那我就恭敬不如從命了！」

Cosmos 她們已經滿心只想在海邊玩得痛快，可是……有個人有點問題啊。

「喂，Pansy。」

「什麼事呀？」

我從背後叫住慢慢踱往海濱小屋的 Pansy，她就緩緩甩動頭髮轉過身來。只是這麼一下，整個動作就如詩如畫。

「我也陪妳去海濱小屋。」

「哎呀，你不是要去找小桑嗎？」

Pansy 難得以瞪大眼睛的驚訝表情看著我。

受不了，平常心思敏銳得異常……為什麼這麼簡單的事情卻不懂？

「不要一個人行動，隨時都要有伴……所以如果妳要一個人去海濱小屋，我陪妳。」

「……！呵呵！那我要不要隨時都跟你一起呀？」

「那也行。總之，妳可別一個人行動啊。」

「知道了。所以，可以請你陪我嗎？」

「好。還有……妳臉頰沾到沙子了。」

大概是剛才打沙灘排球，飛撲救球時沾到的吧。
右側的臉頰上沾了滿滿一整片沙子。
「就是啊，這可傷腦筋了。」
Pansy 嘴上這麼說，卻不伸手拍掉臉上的沙子。
只用她漂亮的眼睛淡淡地注視著我。
「……不可以嗎？」
「也不會……好啦，拍掉啦。」
我用右手輕輕拍掉她臉頰上的沙子，她就開心地微微一笑。
「謝謝你，花灑同學。我非常開心。」
「是喔？」
嘖！她平常就很不好應付，換成這個模樣的她更是不好應付……
「所以，你打算從哪個方案開始實行？是特正同學拜託你幫忙的吧？」
不愧是網羅所有情況的超能力者啊……
「是啊。我想想……妳的方案聽起來比較省事，我打算先用這招試試看。」
「那我也跟你去。畢竟是我自己提的方案，我想親眼見證會怎麼收場。」
Pansy 笑咪咪地朝我伸出手。
「好……可是，我不跟妳牽手。」

「……壞心眼。」

就這樣，起初就從 Pansy 提議的「直接表達好感」開始。

所以我們前往海濱小屋後開始尋找小風……但就是找不到……

他先前說要去海邊讓腦袋冷靜冷靜，但有很多人在游泳，根本連他在哪兒都看不出來。

「Pansy，妳看得出小風人在哪嗎？」

「是不是在那裡？」

「嗯？噢……的確有點像啊……」

大家和樂融融地在海邊玩耍，卻有一處劇烈地爆出水花。

大概是在全力游泳，想藉此消滅七情六欲吧。他那樣是要怎麼叫過來？

啊，正好往這邊回來了。

「呼……呼……這樣一來，雜念就去除掉了……」

他喘得非比尋常……難不成他從離開後就一直游到現在？

「唔？這不是花灑嗎？還有，這泳裝的模樣……是三色院吧。」

「是啊，是我。真虧你看得出來呢，特正同學。」

「呵，畢竟我一向會盡可能記住別人的穿著打扮啊。這點小事，不值一提。」

小風的這番發言，讓人很難判斷他猛的是記憶力還是埴輪眼球。

「所以，怎麼了？如果是找我，我暫時會在這邊游泳，所以沒問題。」

大有問題。這樣就沒辦法達成當初的目的了啊。

「沒有啦，其實是我跟 Pansy 她們問了跟蒲公英變要好的方法，就來告訴你……」

「你說啥麼！你、你願意教我嗎！」

小風，你冷靜點。

「什麼」跟「啥」都混在一起啦。

「當然。我就是為了跟你說才過來這裡。」

「唔！我能和花灑當朋友，讓我充滿了想感謝上天的心情！」

「不用充滿這種東西，我們要設法達成目的啦。然後啊，她們教了我很多方法，我們就一個一個試試看吧。所以啦，首先我就告訴你 Pansy 教我的方法。」

「知道了！我會牢牢刻在大腦顳葉上！」

我怎麼記得顳葉雖然和記憶也有關，但主要管的是聽覺……算了，沒差啦。

「她說要坦率地表達好感，這樣一來就能和對方變要好……對吧，Pansy？」

「是啊，你說得沒錯。只要坦白表達好感就好了。說起來簡單，但辦得到的人意外地少。所以如果男方願意這麼做，女生會非常開心。」

Pansy 為什麼會心神不寧地對小風解釋？

這種時候的 Pansy 心裡盤算的多半都不是什麼好事啊……

「……好難啊。說是要我表達好感，但我也不知道該做什麼才好……」

「對不起，是我說得不夠清楚……不過特正同學，你放心吧，花灑同學馬上就會拿我示範，你可以參考他怎麼做。」

看，我就說吧！她盤算的果然不是什麼好事！

「來，花灑同學，對我表達出你滿滿的好感吧。」

「我一句話都沒說過我要這麼做吧？」

「我認為不用別人說就會把事情做好的人，才會得到社會性的肯定。」

「妳的意思我確實接收到了……可是現在已經被妳說了，看來是沒指望實現了。」

「你放心。因為比起什麼都不做，還是做了能得到比較好的評價。所以，這對建議滅絕種的你來說是大好機會。」

「我才沒聽過這種品種！為什麼會建議要滅了這個種族啦！」

「既然會危害人類，那也沒辦法……」

「妳才是瘋狂在危害我的精神！告訴妳，我絕對不幹！」

「是嗎？說穿了，你就是覺得一個人做會很難為情吧……那麼，要不要我請刺針和牠朋友幫你？」

「啥？……唔喔喔！」

怎麼不知不覺間，我的雙肩已經各有一隻昆蟲在待命了！

一隻是 Pansy 的朋友兼寵物，長頸鹿鋸鍬形蟲刺針，但另一隻是什麼？有夠黑亮的，角雄偉得幾乎要直衝天際。
「是赫克力士長戟大兜蟲（註：世界上最長的甲蟲）柯文。最近牠常去找一位姓早乙女的叔叔玩，似乎已經跟他很要好。」
世界最後之日，也許已經近了……
「好了，花灑同學，這樣一來你就什麼也不用擔心了吧？」
是啊。因為要是不幹，也只會讓我被滅種而已。
為什麼這個女生就是能這麼毫不留情地威脅自己喜歡的男生呢？
「唉……好啦……」
我厭煩地說著，深呼吸一口氣。然後我做好覺悟，朝眼前的 Pansy 一看，結果陷入一種錯覺，覺得她那珍珠般閃閃發光的眼睛彷彿揪住了我的心臟。
「Pansy，那個……跟妳在一起，我就會心臟怦怦跳。」
「呵呵呵……然後呢？」
唔唔！不要那麼高興地用雙手捧住我的手！
想也知道這樣就說完──
「你竟然願意為我做到這個地步！花灑，我由衷感謝你！那麼，再來呢？」
該死啊～～～！好啦！我繼續就是了，繼續總可以吧！
「……唔！所以，我希望妳讓我一直陪在妳身邊……或者該說希望妳笑。妳也知道，妳高興，我就會跟著高興！啊、啊哈哈哈……所以，那個……夠了吧！好了！到此為止！」

啊～～！真的有夠難為情！我臉有夠燙的啦！

「真沒辦法。現在我就拿你剛才的表現將就將就……差不多就像這樣，特正同學，你明白了嗎？」

「唔！我學到非常多！感謝你們，三色院、花灑！我馬上去挑戰看看！」

「有志氣。你要加油，只要不死心，往往就會有辦法。」

不愧是剛才想「牽手」但失敗，卻毫不死心，強制加以實現的人，講起這話就是有不一樣的分量啊。

而且她還繼續牢牢抓著我的手不放……

小風因 Pansy 的講解與我奮不顧身演出的實例而開竅了，前去找蒲公英。

看來蒲公英被小桑帶去的地方，就是我們架設海灘傘那裡。而在那裡……

「大賀學長，你聽好了！首先，要在這裡棉棉！然後加上四次扭轉以後，再棉棉！然後，最後要一邊在心中想著我一邊俐落地棉棉下去！如何？會棉棉了嗎？」

有熱衷於棉棉的蒲公英跟帶著笑容望著她的小桑。

雖然只是推測，那大概就是棉棉舞吧……

「好！我完全學會啦！那我馬上就去練習練習，妳等一下！」

「唔哼哼！竟然不好意思讓我看你練習，大賀學長也真是有很內向的一面呢～～！」

蒲公英啊，不好意思，妳猜錯了。小桑只是確定小風逼近到妳背後才離開現場。

……好，小風展現學習成果的一刻馬上就要來了。

我是計劃跟 Pansy 一起見證，只是……

「喂，Pansy，妳也差不多該放手啦。」

「你在說什麼呢？不是你要我別一個人行動的嗎？所以我才逼不得已和你牽手呀。」

「不用牽手，在一起不就好了！」

「哎呀，你就那麼想和我在一起？你還是老樣子，那麼怕寂寞。」

「我才不是在講這種事情！」

「好像差不多要開始了，我覺得你最好還是安靜一點。」

那妳就給我放手啊！等小風這邊結束，我一定要甩開妳的手！

「唔哼哼，躺在塑膠布上的我……當然會讓人無法不心動吧！……啊，我想到好主意了！晚點就利用如月學長來當攝影師，增加劇照的種類，這樣應該不錯！讓大賀學長也對我發萌……唔哼哼哼！」

為什麼她的圖謀有十成都是以利用我為前提呢？

「蒲公英，我有話跟妳說。」

「咦？特正學長，你怎麼了？」

唔。以第一次接觸來說，相當不錯嘛。

換作平常，講沒兩句就會吵起來，但現在他可是從非常正常的對話開始。

「我有幾句話，想跟妳說……」

「唔？看學長這表情……唔哼！唔哼哼！該、不、會、呀～～唔哼哼哼哼！」

「蒲公英馬上就開始得意忘形了耶……」

「這也沒辦法，她正常運作就是那樣。更重要的是接下來特正說的話。不過我是覺得除非搞出什麼天大的差錯，不然應該會順利。」

「唔哼哼哼！特正學長有什麼話想告訴我呢？」

可以說她平時就常常會錯意而得意忘形，偏偏這次不是會錯意，所以反而更棘手。不知道為什麼，看了就是火大。

「那個……我……我……！」

「學長在緊張呢～～！可是，沒關係的！我非常善良，就像個天使——」

「和妳在一起，我就想讓心臟爆裂。」

「咦唷？為、為什麼要這樣對心臟？」

啊，這可搞出天大的差錯了。看樣子不成啊。

「然後，我想永遠把妳監禁起來，讓妳的臉能有多扭曲就多扭曲。因為妳的表情愈改變，我就愈會感受到幸福啊。哼哼哼……」

「那個人為什麼就是能把話竄改得這麼天衣無縫呢？」

「真巧啊，我的意見也一樣。」

真的是喔，轉眼間就把我剛剛奮不顧身的努力化為烏有了。

還順便加上有夠嚇人的笑容……

「超、超級虐待狂！特正學長肯定是超級虐待狂的化身！好可怕！來人救救我啊！

咿～～～～～！」

「這！為、為什麼要跑？慢著！接下來我要卯足全力握住妳的手……」

「為什麼要把我的手握爛！我不要！我絕對不等！」

這樣人家當然會跑了。被人面對面講出這種話，當然會全力跑掉了。

「……他這毛病已經嚴重到病危了吧。」

「又這麼巧，我也有同感。」

Pansy 提議的「直接表達好感」作戰。

發生小風竄改發言事件。

因此，失敗。

＊

下一個計畫是 Cosmos 葵花提議的「一起體驗同一件事」。

小風這個人，叫他說話，他就會對發言做一番天衣無縫的竄改，讓狀況惡化。

既然如此，還是別用言語，讓他用行動來替自己在蒲公英心中加分比較好吧。

正好 Cosmos 她們打西瓜也打完了，現在所有人都集合到海灘傘下，吃起了西瓜。所以只要選對接下來要做的事情，要實行計畫應該是輕而易舉。

「為什麼……為什麼她會跑掉？我明明覺得愈講愈有把握……」

「那樣怎麼想都不行吧。」

「唔！原來是這樣……女人心，實在很難……」

你的個性要難得多啦。真的是喔，為什麼會搞成那樣啦……

「算了，先吃個西瓜，打起精神來吧。」

「……不好意思。唉……我覺得自己真沒出息。」

我本來還覺得一個型男垂頭喪氣地小口吃著西瓜其實還挺好看的，但他散發出來的哀愁濃厚到不妙。不過我很慶幸 Cosmos 她們拿了西瓜來。

因為蒲公英那丫頭剛剛那樣全力逃跑，卻又被西瓜的香氣引上鉤，轉眼間又跑回來了。

「唔哼哼！西瓜好好吃呢！三色院學姊！」

「是啊。平常很少有機會在海邊吃，這是非常寶貴的經驗。」

順便說一下，她似乎已經把剛才的事情忘得一乾二淨。

真的是還好這女的這麼白痴。

「那麼，Cosmos 會長，接下來我們要玩什麼？」

「這個嘛，翌檜同學，要不要大家一起下水？」

「嗯，是個好主意呢。我贊成呢。」

「妳能這麼說，真讓人開心！其實，我帶了一樣東西來！希望大家在海上務必拿這個一起玩！」

「小桑，接下來我們一起玩嘛！在海裡游泳很好玩的～～！」

「好啊，葵花！就讓妳見識見識我熱血的泳姿！」

喔喔，大家要一起下海游泳啊……這可來得非常巧。

就看我怎麼想辦法讓小風和蒲公英湊在一起吧！

我們吃完西瓜後一起走向海邊。

好了，該怎麼讓蒲公英和小風有一樣的體驗呢……

「如月學長！」

「……嗯？蒲公英，怎麼啦？」

怎麼蒲公英滿臉笑容走向我耶。

而且雙手還抱著一個特別大的海豚游泳圈。

「唔哼哼哼！這裡有海豚游泳圈！然後，還有太可愛的我！……接下來，學長應該明白吧？」

「我騎上海豚游泳圈，蒲公英游泳，就像拉馬車的馬那樣對吧？」

「就是啊～～！我會像拉馬車的馬一樣奮力往前游……等等，不對啦！是我要坐上去，如月學長游泳！學長身為隨從的自覺不夠！唔哼～～！」

因為我一點也不打算追隨妳嘛。

「我才不要。想坐游泳圈，妳就自己…………啊。」

不對，慢著，只要利用這個白痴的提議……

「如月學長，看你這表情……你本來太難為情所以想拒絕，但還是想和蒲公英在一起，所以還是決定答應是吧！真是的～～！真拿學長沒辦法耶～～！」

先不提她這連邊都沒擦到的白痴發言，這個點子還挺不錯的嘛！

這樣一來就能實現蒲公英的願望，同時實施計畫！

「不，我可不幹。所以……小風，不好意思，可以麻煩你來游，從後面推蒲公英坐的海豚游泳圈嗎？」

「由、由我來？可是，這……」
「特正學長來推？不、不要！特正學長好可怕！」
……嘖，我還以為她已經忘光了，原來還給我記著剛才的事情啊。
這可傷腦筋了。我是想設法讓他們兩個待在一起，但蒲公英對特正怕得不得了。而且還順便跑到我身前，把海豚游泳圈往我身上推，非常煩。
「來，如月學長！不要彆扭了，跟我一起游泳吧！來，趕快老實點！」
我對自己的彆扭有自覺，但就現在而言，我可是全力在老實了。
「就說我不幹了……」
「蒲公英，我也覺得讓特正來比較好！再怎麼說，他也是唐菖蒲高中的四號打者啊！體力完全不一樣！」
喔喔！不愧是我的好朋友，這波支援砲火摻了有道理的說法，非常漂亮！
小風和我之間，運動能力有著壓倒性的差距！他這番言論就漂亮地利用了這個事實！
可是，蒲公英似乎聽不進去，用力抱住海豚游泳圈，表現出不滿的態度……為什麼？
「……我又不是要找什麼體力好的人，就是要如月學長才好……那個……難得我們一起來到海邊，所以……」
唔！她垂頭喪氣，還這麼堅持要我，我會……
「我就只是想看著如月學長游得嘿咻嘿咻吁吁呼呼的悲慘模樣，優雅地騎在海豚上而

已……」

就是說啊！妳就是這種人嘛！是我太笨才會小小心動了一下！

「既然這樣，還是特正比較好吧！妳想想，這可是個好機會，讓妳可以報剛剛特正欺負妳的仇啊！」

「啊！聽你這麼一說！」

真好打發啊～～妳又把妳那沒救的圖謀全寫在臉上啦。

「特正學長，機會難得，你要不要從後面推著我騎的海豚一起游泳？唔哼哼！」

「喔、喔喔……既然妳這麼堅持，那也沒辦法！正好來到海邊，我也想鍛鍊鍛鍊身體啊！我就破例推著妳游一游吧！蒲公英，妳可別會錯意啊，推妳只是順便而已啊。」

為確保小風能和蒲公英有共同的體驗，一起玩得開心，我看最好還是給他點建議。

「小風，你要在海上全力和蒲公英一起玩。這樣一來，就有可能會順利。」

「你說什麼？原來大海竟然蘊含著這樣的魔力……！」

海是沒有這種魔力啦。

我只是告訴你，兩個人一起游得開心就有可能變得要好。

「來來，特正學長！我們趕快走吧！然後，看我怎麼報仇……唔哼哼哼！」

為什麼呢？計畫明明進行得很順利，那個女的卻散發出死亡旗標的味道。

我就是滿心只有不祥的預感耶……

「來，特正學長！準備好了嗎？」

「等一下，我正在統一精神。」

蒲公英下了水，騎在海豚游泳圈上開開心心的，小風則在後面，手放到泡進海水的游泳圈上。

要說有什麼問題，就是小風從這麼近的距離看到蒲公英穿泳裝的模樣，心臟會受不了，所以緊閉著雙眼。不過這問題應該不嚴重吧。

眼前最大的問題反倒是……

「花灑同學，真希望你再努力點耶。」

「嗯。花灑從剛剛就在摸魚呢。」

「哈～～！漂在海上……好好玩喔～～！」

「不行啦，花灑！你應該向他們兩個看齊！」

「……嘿咻嘿咻吁吁呼呼。」

我拚命推著橡皮艇游泳，所以體力已經快要耗盡的這件事吧。

先前 Cosmos 說的「一樣東西」，指的就是這巨大橡皮艇。

只是她們人數實在太多，即使這麼巨大，裡頭最多也只能坐四個人。

然後歷經一場猜拳大戰，決定能坐的是 Cosmos、小椿、Pansy 與翌檜，而推的工作則由

猜拳猜輸的我負責。

早知道會這樣，或許不如乖乖去推蒲公英的海豚……

當然了，這橡皮艇這麼大，不會只有我一個人在推。

小桑和葵花也是負責推著它游，只是……

「哈哈！花灑，你鬥志不夠喔！」

「花灑，要加油！來，腳要更用力打水！」

他們完全不顯疲勞，還開開心心地推著橡皮艇。

不愧是不參加猜拳，自告奮勇要推的人。

我也算是多少有些體力，但這下就讓我深深體認到自己終究敵不過真正有在練的人。

小風……還沒開始游啊。他還在閉著眼睛統一精神。

「唔～～！特正學長，請你快一點！我也想像秋野學姊她們那樣躺在海上漂！」

「哼……好吧。」

啊，似乎總算開始了。

小風牢牢抓住海豚的尾巴，終於準備出發。

但願這次他們真的可以變要好……

「……要上了，蒲公英。」

「唔哼哼！這樣一來，特正學長就會耗盡體力，狼狽得不得……咦唷？」

「喝啊啊啊啊啊！」

小風在一聲爆炸似的砰然巨響下出擊。

海豚就這麼以不得了的速度開始前進。

「咦唷喔喔喔喔！好快！好快啊！好可怕！特正學長，請你先停下來！求求你！停下來啊啊啊啊啊啊啊啊啊！」

「停不住！誰也攔不住！」

你是在學河童蝦○先的廣告詞嗎？

話說回來，這速度好猛啊。轉眼間就追過了我們的橡皮艇。

「嘎啊啊啊啊啊啊啊啊啊！」

這不是女生應該發出的慘叫吧。

妳的慘叫聽起來就像賽車會聽到的那種「咻～～～～」的聲音啊。

搞不好能在印第500大賽奪冠……

我看著他們的情形，對在身旁推著橡皮艇的好友說：

「……小桑，你覺得呢？」

「啊～～……換作是我騎，大概會很開心，可是對蒲公英這樣應該不妙吧～～」

就是說啊，我也這麼覺得。

「眼前就先等他們回來吧。我想大概很快就會回來了。」

「就是啊！要追上他們，大概就連我都很難辦到！」

「如月學長，救命啊～～～～～！」

抱歉，物理上辦不到。晚點我會再請妳喝牛奶，妳撐著點吧。

後來，被小風把速度帶來的恐懼深深刻進身體的冠軍車手佐藤蒲公英回來了。

她用力抱緊海豚游泳圈，已經有點在哭了。

「咿！咿！為什麼，會變成這樣！我明明只是想對特正學長報仇……」

這到底算不算自作自受，這條界線實在非常難畫。

還是先安撫她幾句再說……等等，蒲公英怎麼自己過來了？

「呃～～……蒲公英，妳怎麼啦？」

「嗚哇～～～～～～！如月學長，剛才好可怕～～～～～！」

呃！她竟然丟開海豚，整個人撲上來抱住我！

「哇！不要抓著我不放！」

「請學長安慰我！請學長摸摸頭～～～～！」

就說這丫頭為什麼每次都纏著我了！

夠了，很煩耶！趕快給我放開！

「難、難道說，我又犯了什麼錯嗎？我自認已經全力跟她玩得開心了……」

就是啊。我想應該是在海上玩的方式就有根本性的錯誤。

葵花與 Cosmos 提議的「一起體驗同一件事」計畫。

小風停不住，誰也攔不住。

因此，失敗。

＊

這次的計畫是翌檜提議的「從危機中拯救我」……但這個計畫要人為製造危機，實在非常困難。而且女生群現在正一心一意堆著沙堡。

怎麼想都覺得無從發生危機。

因此，我決定換個方向，不急著實行計畫，先鼓勵小風再說。

雖然覺得三個男生坐在沙灘上的畫面也挺誇張的，不過就先別管了吧。

「途中我就覺得說不定有機會……但那樣果然行不通嗎……」

「是啊。剛剛那樣不是跟她要好地一起玩，只是在嚇她。」

小風從垂頭喪氣晉級到烏雲密布，雙手攏住膝蓋，坐在沙灘上看著海浪。

他外表出眾，因此更加令人遺憾。

「不好意思啊，花灑，全都怪我沒辦法發揮你的力量……」

「別那麼沮喪啦，不是還有時間嗎？就只是兩出局而已。」

「喔！花灑這句話說得好！那我也來講幾句！……特正，你要知道，棒球這種運動，每一場比賽裡，打者至少都會輪到三次打擊機會啊。所以只要下一次打席好好打出去，就可以變成像樣的打擊率三成打者！」

「花灑、大賀……也對！還有機會！在地區大賽的決賽，我沒能打出全壘打，但這次我就來打給你們看！」

「很好！就是要有這種志氣！」

很好很好，總算讓小風恢復精神了。

可是，這計畫很難實施啊。

如果蒲公英能陷入危機就太謝天謝地了……

「花灑！我們剛剛堆好了沙堡，要不要跟大家一起拍照？還有，如果你願意跟我兩個人拍，我會很高興！」

「嗯，我也想跟大家一起拍照呢。」

我正悶著頭思索，翌檜和小椿就過來招呼。

大概是因為一直堆沙堡堆到剛剛，她們全身上下都沾了沙子。

「好啊，既然這樣，就去找找有沒有人可以幫忙拍照吧……」

也好啦。危機這種東西就是偶然發生的，就算是白痴蒲公英……最好還是別遇到陷入危機而有個萬一之類的情形。

就忘了這個計畫，找人幫忙拍照吧。

然後再進行別的計畫——

「小姐小姐，妳是從哪裡來的啊？」

「唔？問我嗎？」

耶～～！劇情需要主義現象發生了！愛情喜劇之神，謝謝祢！

蒲公英，妳被搭訕的時機怎麼會這麼美妙！

這可不是正巧被兩個大學生年紀的金髮小哥纏上了嗎～～！

曬黑的身體與金髮極為搭調的完美搭訕師登場啦！

哎呀～～！要說到海邊會發生什麼樣的危機，終究還是這種事情啊！嗯！這種危機的話就ＯＫ！

「沒錯沒錯！不嫌棄的話，要不要跟我們一起玩？喏，去那邊的海濱小屋，我們請妳吃飯！」

「我們對這海邊還挺熟的，可以帶妳去各種有意思的地方逛逛喔！」

厲害……厲害啊……

我還是第一次見到……有人可以把搭訕名台詞說得那麼完美。

謝謝你們，搭訕師Ａ兄、Ｂ兄。多虧你們來，這下大概可以營造出危機了。

如果硬要挑剔，大概就是我有預感蒲公英會得意忘形過頭，反而削減兩位搭訕師的鬥志就是了……

「你、你們做什麼？就算我太可愛，竟然就這樣輕浮地跑來搭訕，也太沒常識了吧！唔咻嚕嚕嚕嚕……」

她在威嚇……對喔，之前小風說過。

說蒲公英只要對對方存有戒心，就會威嚇對方然後跑掉……

可是，這樣很好。她對兩位搭訕師刺激得恰恰好！

只要兩位搭訕師在這個時候沒常識地生氣，然後小風再去救陷入危機的蒲公英……

「咦、咦？打擾到妳了嗎？我們只是想跟妳一起玩而已……」

「不妙，不該找上這女生嗎……這可惹她不開心了……」

咦？等一下！搭訕師好像是比較有常識的人！

難得你們之前做出那麼棒的演出，這種時候不是應該沒常識地痛罵蒲公英嗎？

「很打擾！非常非常打擾！我正要和學長學姊還有奴隸一起跟剛才堆好的沙堡拍照！所以，請不要輕浮地找我說話！唔哼～～！」

喂，妳說的奴隸是誰啦？

「哎呀～～……這樣啊……ＯＫ，我們就成熟地退開吧……對不起喔。」

也太弱～～～～！你們應該幼稚地糾纏下去才對啊！

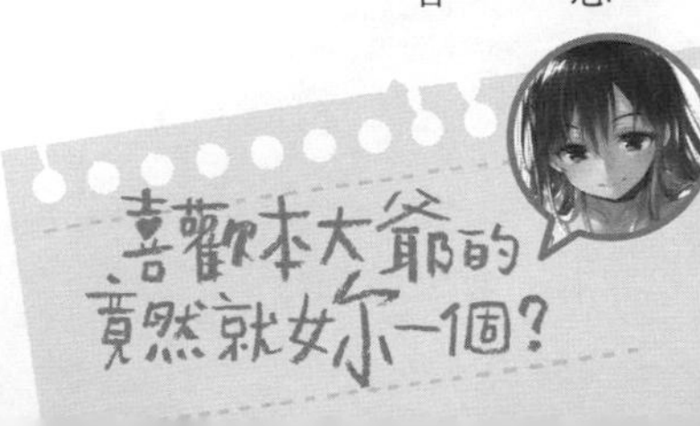

「……啊，為了表示歉意，這個給妳。如果不介意，你們大家一起喝吧！」

「還表示什麼歉意呢！我哪有這麼簡單……哇～～～！是飲料！有人送我飲料了！謝謝你們！」

也太好打發啦～有夠乾脆地就原諒了對方啊……

不，說不定這是老練搭訕師的手法！這種時候故意先讓她放下戒心……

「這點小事別放在心上。畢竟這是表達我們打擾到妳的歉意！」

對不起，我不該懷疑你們！這兩位善良的小哥是怎樣啦！

「啊，對了，妳說正要跟朋友一起拍照對吧？如果不介意，我來幫忙拍吧？」

「可以嗎？那會幫我們非常大的忙！」

她一個人就解決了所有問題，還弄到了攝影師！

就是說啊……搭訕被拒絕，乖乖退開才是正常的情形啊……

當場鬧出問題也沒任何好處……

「唔哼哼哼！只是講幾句話就得到飲料，對方還肯幫忙拍照，這果然是因為我平常都在做好事吧！……咦？如月學長，你怎麼了？」

「……沒事。」

「是嗎？啊，學長看一下這個！有好心的小哥給我飲料！還有，他們說會幫忙拍照！」

「……花灑，我要離開這裡一下……我去找他們兩位，答謝飲料和拍照……」

你暗中對兩位搭訕師小哥好，可賺不到她的好感度啊……
翌檜提議的「從危機中拯救我」計畫。
兩位搭訕師是好相處且有常識的人。
因此，失敗。

「那麼，大家笑一個～～！來，要拍嘍！」
之後我們就請這兩位人實在有夠好的搭訕師小哥替我們拍照。
沙堡的品質高得不得了，讓人只能佩服。
「「「「「「謝謝你們！」」」」」」
「哈哈！不客氣。那我們走嘍。」
我們道謝後，兩位小哥就瀟灑地離開，曬成小麥色的皮膚被太陽照得閃閃發光。
他們從頭到尾都那麼和善，這世界還是挺不賴的。
要是被他們搭訕走，相信女生也能度過一段很開心的時間……
只是啊……小風和蒲公英一點都沒有變得要好啊……
「花灑，接下來跟我拍合照吧！就拿海當背景！」
「好，知道了，翌檜。」
「謝謝你！……對了，花灑，我想問你一件事！」

「嗯？什麼事？」

「那、那個……我的泳裝怎麼樣呢？比起 Cosmos 會長和 Pansy 她們這些身材好的，我還是……」

「沒什麼好在意的吧。我覺得翌檜就是翌檜，很可愛。」

「真的嗎！既然這樣，就不枉費我為這一天減肥了啊！」

聽說到了夏天，女生就會在意這種事，看來是真的啊。

上次吃流水麵的時候，她就很正常地在吃，我完全沒發現。

「……我明明也很拚……」

呃，Pansy 也夠好看了。反而是太好看，讓我很難找到詞句讚美就是了。

*

「可惡啊～～～～！輸掉啦～～～！」

「呵，地區大賽決賽的那筆帳，這下我可討回來了。」

我們拍完照之後就開始玩小桑期盼已久的沙灘搶旗。

由於人數很多，我們採淘汰賽制，進入決賽的就是大家預料中的這兩人。

小桑VS小風……然後，最後的冠軍是小風。

竟然在腳程上贏過小桑……雖然早就知道，但看到後更深深體認到他是怪物。

另外在女生方面，就排名來看，第一名當然是葵花，不愧是網球隊的王牌球員。

說到這個，除了小椿以外，每個女生都充滿了一種「怎麼可以輸！」的氣魄，真的好厲害。和葵花比的翌檜也好，Pansy也罷，坦白說她們兩個根本不可能贏，但還是全力奔跑，直到最後都不放棄。

……咦？我？我第一輪就輸給小椿，還真有點沮喪……

「呼……我累了，去休息一下……小風，要不要一起休息？」

「好，那我也休息一下。」

總之，我消耗了不少體力，要去休息。

而我邀小風的理由當然是為了計畫。

「啊～～！好開心！對了對了，大家一起下水吧！我有帶水槍來！有很多把，大家可以一起玩～～！」

「在海邊玩水槍！我從以前就一直想玩！嗯，我們走！葵花同學！」

「Pansy，妳不累嗎？還好嗎？」

「不用擔心，小椿，我也去。」

「光是今天一天大概就能讓我寫出『在海邊玩得盡興的方法』報導了！玩得好開心！」

女生群還要下水啊……體力真好。

哪像我，都快累癱了……
「唔哼哼！那麼，我也去玩水槍……」
「我說啊，蒲公英。」
「唔？大賀學長，怎麼啦？」
「要不要跟我一起去海濱小屋吃炒麵？」
「炒麵！我也想吃！我們這就去！」
……唔，小桑邀蒲公英去吃炒麵啊？
那我就開始行動吧。
先前的計畫全都以失敗收場，但還沒完呢。
我還剩下最後一招，所以就付諸實行。

我看著小桑和蒲公英披上外套，走向海濱小屋，自己則和小風坐到塑膠布上。
我也順便披上帶來的外套，手伸進口袋。
「花灑，今天很感謝你邀我來，我過得非常充實。」
小風這個人欲望是有，但實在很淡泊啊。
他明明還完全沒辦法和蒲公英正常說話，卻已經說得心滿意足……
「你這麼說我是很高興，但你拜託我的事，我根本還沒做到……」

「那件事，已經不用了。」

「咦？不！還有時間，不必這麼簡單就死心吧？」

而且要是做到這個地步，就這麼以失敗收場，不是會很不甘心嗎？

「來啦，我會陪你到最後，不要放棄，能做的事都做過再說嘛！……好不好？」

而且要是小風在這個時候死心，我準備的最後一招就會白費工夫。

得想辦法重新點燃他的鬥志才行……

「不，我要放棄了……不對啊，也許應該說，已經不必挑戰了。」

「……這是為什麼啦？」

「因為總覺得我的目的已經達成了啊。」

這個人到底在講什麼鬼話？

他還是一樣，一和蒲公英碰頭就會吵架，說達成是怎麼回事？

不妙啊……雖然不清楚怎麼回事，但小風已經完全進入放棄模式了。

要從這個狀態讓他恢復幹勁，多半會相當難。

……可是，既然是這個狀況……

「我說啊，小風，你為什麼會想變得能和她正常說話？」

「唔……我沒說過嗎？」

坦白說，我一直有個疑問。

小風一開始找我商量時說他「喜歡蒲公英」，之後說「我想變得能和她正常說話」。當時我太震驚，以為就是這麼回事，但冷靜一想就覺得很奇怪。

如果是想變成男女朋友，不必拜託什麼「想變得能和她正常說話」，說「想跟她變成男女朋友」就好了。可是小風卻沒這麼說。

「那個……我自以為你是想跟她變成男女朋友……」

「我果然話都說不清楚，結果讓你誤會啦？……抱歉。」

果然沒錯。小風並不是想和蒲公英當男女朋友。

「不，這不需要道歉……只是，既然這樣，為什麼？」

「因為從去年的地區大賽決賽以來，我就開始控制不住自己的感情，對她說話的口氣都會變得很粗魯。我想解決這個問題，達成我的目的。」

「這……也就是說，你想做的事情，是從地區大賽的決賽之前就在想了？例如說，從國中時代以來……」

「你說得沒錯。你果然很敏銳啊。」

小風心滿意足，平靜地微笑著對我這麼說。

「既然都聊到了，可以說來聽聽嗎？說說你國中時代的事情。」

「這說來話長……沒關係嗎？」

「可以，拜託了。」

小風輕輕呼氣，露出從他平常那副撲克臉難以想像的溫和表情。

他一定是想起了對他而言很重要的事物吧。

「國中時代，蒲公英跟我們在一起的時候，始終有種神經質的感覺。」

「蒲公英會神經質？」

我可不知道還有誰像她那麼大大咧咧的，坦白說，已經凌駕在葵花之上了。

「是啊，當初跟我們在一起的蒲公英，該怎麼說……沒辦法單純去享受當下所處的空間。就是顯得有點無聊，始終有種緊張兮兮的緊繃感。」

……原來如此啊。這樣的話，倒是有件事說得通了。

據我推測，原因就出在她對水管的心意。即使拚命表達好感，對方還是沒發現，始終和她的情敵月見還有 Cherry 在一起，這當然會讓人待得渾身不自在了。

「然後，我們上了高中，闊別許久重逢時，這個狀態還是沒變。她始終擔心受怕，充滿戒心。」

「……這樣啊。」

「所以我希望至少跟我在一起的時候，能為她營造出一個讓她可以自在的環境。她和我們在一起時那種難受的模樣，我就是沒辦法忽視……」

原來是這樣啊。小風在國中時代注意到蒲公英一直緊張兮兮，所以努力想讓她開心。

「國中時代，我還算是做得不錯，可是……等上了高中，我開始自覺到對蒲公英的心意

之後，就是行不通。真是的……我本來就已經很不會說話，卻還變得更不會說話……說來實在沒出息。」

對喔，之前蒲公英就說過「國中時代的特正學長很體貼」。

可是自從自覺到暗戀蒲公英，就再也辦不到了。

然後，小風就是想解決這個問題，就只為了讓蒲公英開心……

「可是，我已經明白不需要再這樣了。」

「為什麼？」

「全都多虧了你……不，是多虧了你們。」

「我們？」

「前幾天在炸肉串店、吃流水麵，還有今天的海邊。每一次蒲公英都由衷地單純享受當下，我還是第一次看到蒲公英那麼開心。」

「……這樣啊。」

「了不起。我花了好幾年都達不到的目標，你們竟然才半年就辦到了。尤其是你，花灑。蒲公英能玩得那麼開心，最關鍵的就是你。」

這句話值不值得高興實在非常難判斷。

「其實，我從前陣子就明白了……但還是忍不住貪心，依賴了你的善意。不好意思，給你添麻煩了。」

「這沒什麼麻煩，而且我也很開心……可是啊，這樣真的好嗎？」

「這樣就好。對我而言的幸福，就是蒲公英幸福。我可不是有什麼捨己為人的想法喔，光是看到自己有好感的對象歡笑，就只是這樣，自己就會幸福。」

「不用擔心……這種心情，我很能體會。」

「呵，你能這麼說，真是太好了。」

畢竟我也一樣，只要看到她笑，就只是這樣，我就會覺得很幸福。

「說起來，就是這麼回事。就算我沒辦法和蒲公英正常說話，她也已經能充分享受當下，反而是我不在還比較好，根本就不需要我這種一碰到就會吵架的男生吧？」

小風略顯落寞地笑了笑，說出這樣的話。

目的雖然達成，但沒能憑自己的力量達成，大概就是這點讓他五味雜陳吧。

「光是今天，我就給你、大賀……還有蒲公英添了天大的麻煩啊。也為了不再給你們增添無謂的負擔……我……要放棄……已經，很夠了……」

「哎，如果你這樣就滿意，也許這樣就好。」

「是啊。我只要看到蒲公英笑得開心就心滿意足了。所以，用不著我。今天就是最後一次，以後我不會再接近蒲公英了。」

「……我還是問個清楚，你並不是不喜歡蒲公英了吧？」

「那當然。我——」

小風說到這裡先頓了頓，用力握緊拳頭，然後再度開口。

「我最喜歡蒲公英了。」

「……是嗎？」

我一邊回答一邊伸手在自己穿的外套口袋裡摸索。

然後……

「——他這麼說耶，妳都聽清楚了嗎？……蒲公英。」

我朝拿出的智慧型手機這麼說。

「花灑，你為什麼拿出手機？」

我看著睜大眼睛的小風，露出賊笑。

「她差不多要回來了，我就揭曉謎底吧。畢竟我已經讓你說出了最關鍵的話。」

「回來？揭曉謎底？最關鍵的話？你到底在說——」

「嘿嘿！特正，看樣子你在第三次的打席上真的打出了全壘打啊！」

「大賀！還有…………竟然是蒲公英？」

小風朝後一看，看到小桑面帶熱血笑容站在那兒。

……嗯，說穿了就是這麼回事。

這兩個人一碰在一起，小風就會逞強，絕對會吵起來。

既然這樣，只要製造出不碰面的狀況，讓他說出來就好。

讓小風說出他有多麼珍惜蒲公英。

為此，我帶小風；小桑帶蒲公英，把他們兩人帶開。

同時把藏在自己外套口袋裡的智慧型手機開啟通話狀態。

說什麼要去吃炒麵，從一開始就是騙人的。

蒲公英只是被小桑帶去遠一點的地方躲起來。

「嗨，司令，妳都聽清楚了吧？完畢。」

「聽、聽清楚了……完畢……」

蒲公英難為情地躲在小桑背後，頻頻朝我們這邊瞥過來。

她手上握著的，是小桑那支套了火紅手機殼的智慧型手機。

「不、不是！這、這是因為！」

小風雙手亂揮想要掩飾。

但他完全沒掩飾住。

「特正學長……原來，你一直那麼為我擔心？」

蒲公英平常情緒起伏就很劇烈，我還是第一次看到她像這樣滿臉通紅的害羞模樣。沒想到妳倒也擺得出挺可愛的態度嘛。

「只、只有一點點！我只是有一點點在意，想說如果可以，希望解決問題！妳不也一樣，遇到問題就會想解決嘛！就、就只是這樣而已！」

小風，你說的話全都被聽見了，現在才講這種藉口才不會管用呢。

「可是，聽學長剛剛說的話……才不是一點點。」

「唔！花灑、大賀……你們算計我……」

「你不知道嗎？我們兩個奸詐的傢伙最會騙人啦。」

「就是這麼回事。幫你是真的，可是，並不是全都告訴你……說起來就是一記今日限定的指叉球吧？哈哈！來，蒲公英，去特正旁邊坐下吧！」

「就是啊。那就換我站起來吧。」

我從小風身旁起身，蒲公英就在我空出來的位子坐下。

只是她似乎太害羞，把身體縮得小小的，看也不看小風一眼。

「蒲公英，別太靠近我！妳很煩！」

「呃……那個……謝謝學長，這麼擔心我……」

「這、這沒什麼大不了的！只是碰巧啦！碰巧！」

蒲公英低頭道謝，小風的臉紅得有點好笑。

「花灑，我們順利成功啦！」

「那還用說？只要我們聯手就無所不能嘛。」

「哈哈！就是啊！我也這麼覺得！」
我和小桑看著他們兩人，拳頭用力互碰了一下。
小椿提議的「知道對方暗中對我好」計畫。
成功將小風的真心告訴了蒲公英。
因此，成功……算是成功吧？
「…………」
蒲公英把額頭往自己膝蓋上一碰，藏起表情，全身發抖。
「蒲公英，妳怎麼啦？」
真是的，原來蒲公英也有很少女的一面嘛。
看樣子，說不定會就此發展成兩情相悅的情形——
「原來特正學長是低調棉毛粉啊～～！才會忍不住對我使壞呀～～！唔哼哼哼！」
是我太笨，才會以為有這個可能……
那個白痴猛然站起的表情相當糟糕。看她一臉得意忘形的嘻笑表情，一點都沒有接下來會做什麼像樣事情的跡象。
我找 Pansy 商量時，就想到她得知小風的好感後有可能會說這幾句話，但我萬萬沒想到她會一字不差地說出來……
「而、且、呢！如月學長和大賀學長會為我做到這個地步，也就是說……唔哼哼哼！

啊～～！是意想不到的四角關係！太受人喜愛果然是一種罪呢……蒲公英會反省的……」

「不，蒲公英，我跟花灑倒是沒什麼……」

「大賀學長，你不用這麼害羞～～！我都明白的！」

她還是一樣，對我們的心意一點也不明白。

「唔呵！唔呵呵呵！我就破例准許你們三位跳起棉棉舞來膜拜我吧！來，你們愛跳多久都行！」

我才不跳。

「蒲公英……」

「哎呀？特正學長，你怎麼啦？不必這樣忍耐喔！現在正是坦白的時候！請你盡情！動用過去培養的一切，對我發萌吧！」

蒲公英，妳整個得意忘形起來，都沒在看小風的表情，但妳仔細看看他的臉吧。

該怎麼說，用一句話來形容…………大概就是金剛怒目吧。

「妳這個雜碎，別得意忘形啦！」

「咦唷？」

「像妳這種膚淺到腦細胞已經死光的女人，我怎麼可能發萌！妳為什麼就是可以把一切都往對自己有利的方式解釋還有竄改？」

「學長又說了好過分的話！我才想說學長的態度和平常不太一樣，結果馬上又變回來了！學長偶爾也應該學會謙虛！」

這句話，我原封不動還給妳。

「這句話，我原封不動還給妳！」

啊，他替我說出來了。小風，謝謝你。

「而且根本就不用特正學長擔心，我這麼受大家喜愛，每天都可以過得很開心！也不缺像如月學長這種好用的人！」

妳可不可以不要有事沒事就拿我的名字出來說嘴？

「哼！妳這種人，我已經一點也不擔心了！反正想也知道，妳一定會每天過著愚蠢的日子，度過無聊的高中生活啊！哼哈哈哈哈！」

「你說什麼！所以我才討厭特正學長！我最討厭你了！唔哼～～！」

「咻、咻～～！……那、那又怎樣啦啦啦啦啦啦！」

看來這一擊的傷害已經蔓延到腳，小風的姿勢變得就像剛出生的小鹿一樣。

不過該怎麼說，真虧他們能吵這種沒建設性的事情吵個沒完沒了啊。

「……我說小桑？」

「怎麼啦，花灑？」

「這裡還是交給他們自己解決，我們去別的地方玩吧？」

「好主意！那要在海邊玩捉迷藏嗎？」

「這樣會加深誤會，還是找Cosmos會長她們一起玩水槍吧。」

嗯，該怎麼說……這樣大概就ＯＫ了吧！

雖然還是一樣出口就沒好話，但他們兩個已經能正常說話了！

既然這樣，委託就進行到這裡，之後我可要單純把這暑假玩個夠啦～～！

哎呀～～暑假期間的長椅，還算挺和善的嘛！

跟平常比起來，完全沒問題啊！

這樣就搞定了一件事！應該不會再發生什麼無謂的事情了吧！

【我趕緊收拾】

我在海邊順利（？）完成了小風的委託。

隔天就好好喘口氣……當然沒這麼好的事。

今天我來到這裡，是為了履行以前跟葵花的約定，來幫日向家大掃除。

「擦擦～～！擦擦～～！看我擦得亮晶晶～～！」

葵花開心地擦著窗戶，搖頭晃腦。她真的是不管什麼時候都很開心啊。

「花灑花灑，好期待明天的夏季廟會喔！」

「嗯，是啊。」

暑假剩下的活動也寥寥無幾。明天的夏季廟會結束後，幾乎就全部消化完畢。

雖然很多事忙得很辛苦，但樂趣遠比辛苦多，所以就別計較了吧。

「對了！我們要在夏季廟會進行各種比賽！」

「比賽？」

「對！像撈金魚啊、打靶啊，還有，套圈圈！我們要用這些來決定誰是第一！」

我不知道這是比什麼，但她們幾個就是打算這麼辦吧。

「我會加油！不會輸給大家的！」

葵花笑得天真爛漫，光是跟她在一起就會讓人心情都跟著昂揚起來，這大概是比誰都更加坦率表達情感的她才有的特權吧。

「好。雖然我聽不太懂，妳就加油吧。」

「嗯！然後，最後要來個大大的煙火！」

說到最重要的夏日風情畫，的確就是煙火啊。

「說起來，我們也已經很久沒去那個廟會了啊。」

總覺得我上了國中就開始有一些奇怪的自尊心，覺得太幼稚還是怎樣的，就不再去廟會了啊。葵花倒是沒在意這種小事，都會和家人或朋友一起去。

現在想想就覺得……當時真的太年輕了。呃，現在也是夠年輕啦。

「就是啊！花灑最後一次去已經是國小六年級的事了嘛！好懷念喔～國小的時候，我們就常三個人一起去耶！」

「就、就是啊……倒是葵花，窗戶擦完了，接下來要做什麼？」

「呃～要整理東西！要把我房間裡用不到的東西整理起來！花灑，那邊的櫃子就麻煩你了！」

「知……等等，我弄那個櫃子不妙吧！」

「咦？為什麼～？」

葵花睜大眼睛歪著頭。她本人似乎沒發現，就老實說出來吧。

「妳想想，這個櫃子不是放衣服嗎？也就是說，那個啊……」

「哇！哇哇哇哇哇哇！」

看來她總算懂了。即使是傻妞型騷貨，自己的內衣褲被我看到似乎還是會難為情。只見她滿臉通紅，手臂揮得像是要振翅飛天。

「花灑好色！要做這種事還太早啦！」

什麼叫太早……妳是安排了什麼計畫，將來就ＯＫ嗎？

「所以我才事先跟妳說了嘛……」

「不要用說的，要讓我懂啦！真沒神經！」

「別強人所難啦。倒是妳自己講話前先想一想不就好了……」

「啊嗚！唔唔～～……也是喔……」

咦？平常就算我反駁，她也會不容分說地抱怨，今天的態度卻挺知道分寸的嘛。

「我最大的問題就是不動腦耶……」

「葵花，妳怎麼啦？」

我本來就知道她情緒起伏劇烈，但這沮喪的開關在哪，我就搞不太清楚。

只是，總不能不知道理由就置之不理啊……

「……花灑也喜歡腦筋好的女生嗎？」

「妳怎麼沒頭沒腦問這種問題？」

「跟你說喔，呃……我都知道的。知道跟 Pansy、Cosmos 學姊、翌檜還有小椿她們比，我真的很笨。所以我就想說，我是不是都在讓花灑為難……」

「啥？」

「其實呢，我覺得自己得多動腦才行。可是，就是沒那麼簡單。這種時候我就會想……我果然和大家不一樣，是個傻瓜。」

葵花沮喪地垂下她的註冊商標呆毛，吐露心聲。

她乍看之下什麼都沒在想，其實意外地想了很多啊。

「葵花這樣也沒什麼不好吧？」

「當然不好！我想變得更聰明啊！」

「為什麼？」

「這樣一來，當花灑遇到困難，我就可以幫助花灑啦。」

妳不經意說出的這句話可真令人高興啊。可是，妳這發言就錯了。

「不，葵花已經幫我很多了啊。」

「咦？是、是這樣嗎？」

「對啊。我跟大家格格不入的時候、花舞展的時候、想買書的時候、圖書室差點關閉的時候、跟水管打賭的時候。不管什麼時候，妳不是都幫了我嗎？我覺得很感謝，而且好幾次都覺得很慶幸跟妳是兒時玩伴。」

「嘻嘻……是、是嗎？」

「當然。」

葵花大概被人直接讚美就不知該怎麼自處，低著頭眼睛亂飄。

葵花會害羞的點意外地好懂。

「所以，沒問題。問題反而出在老是靠妳幫忙的我身上啊。葵花遇到困難的時候，我都完全幫不上——」

「才不是這樣！」

葵花大喊打斷了我的話。

「花灑幫了我好多好多！很多很多事情，你都給了我各種好大的幫助！所以，不要緊！花灑你可以更有自信一點！」

葵花轉眼間就完全復活，還莫名鼓勵起我來。

她的表情讓人一點都看不出她剛剛還在沮喪。

「呃，我想現在基本上不是在談我，是在談妳……」

「花灑雖然動不動就會垂頭喪氣，但還是會努力耶！好棒棒好棒棒！」

喂，別勉強踮起腳尖硬要摸我的頭。

妳沒發現因為妳太矮，臉貼得有夠近的嗎？

「花灑，我摸不到！趕快蹲下來！」
「好啦……來，這樣行了吧？」
「嗯！這樣就行了！」
葵花心滿意足地微笑，摸我的頭。
本來是我在安慰她，不知不覺間立場卻逆轉了。
真的是喔，葵花理論常常會讓人難以理解啊。
可是……
「嘻嘻嘻！花灑，開心嗎？」
「嗯，開心。」
算了，這就是她，就別計較了吧。
我還是真的很慶幸葵花是我的兒時玩伴。

我沒好好說出來

第五章

今天是大家一起去夏季廟會玩的日子，集合時間是下午五點，地點在站前。

我提早了些，四點四十五分就到了，等其他人來。

話說回來，也有人已經跟我會合就是了。

「大家還沒來嗎～～好想趕快去廟會！」

「集合時間又還沒到，不可以急呢，葵花。」

先會合的是和我一起來到站前的葵花和小椿。

至於為什麼只有她們兩個先跟我會合，答案很簡單，因為我們離家最近的站是同一站。

先是和葵花在家門前會合，然後在小椿店門口。

接著再和其他成員會合，就是今天的流程。

只是就今天而言，暑假期間不時會冒出來的姊姊、小風、蒲公英……還有小桑都不在。

姊姊是和高中的朋友參加同學會。

蒲公英和小桑則是為了甲子園，在做最後衝刺。

「葵花，妳今天的浴衣不是黃色了耶。真有點意外呢。」

「嗯！因為我也快要成為成熟的淑女了嘛！」

葵花平常愛穿黃色，但就浴衣而言，卻會產生一種叫作「我就是想讓自己看起來成熟！」

的神祕堅持，所以現在穿的是橘色的浴衣。橘色到底會不會給人成熟的印象還是個謎，但她穿這樣很好看，就別計較了。

「小椿的浴衣，好厲害喔！感覺好瀟灑！」

「謝謝，我好高興呢。我問爸爸有沒有浴衣，他就拿出來給我，說是以前媽媽穿的。」

小椿穿的是紅底白花的款式，總覺得這浴衣和她的形象一模一樣。

和那除了工作時間以外都一直戴在頭上的髮飾也非常搭調。

順便說一下，我穿的是日前姊姊買給我的襯衫和牛仔褲。

「各位，久等了！咦？Pansy 和 Cosmos 會長還沒來嗎？」

抵達站前十分鐘後，穿著淺藍色浴衣、繫著紅色腰帶的翌檜出現了。

她一如往常綁著馬尾，但或許是浴衣的襯托，硬是顯得很性感。

「嗯。剛剛有收到聯絡，說她們會一起來。」

「這樣啊？可是，她們兩位離家最近的站不同吧？為什麼會一起來呢？」

「我也不太清楚。說是 Cosmos 會長在浴衣方面有事要拜託 Pansy，所以她們兩個會一起來。既然是浴衣，比起我這個男生，翌檜妳們女生應該比較想得到是什麼情形吧？」

「我們女生才懂嗎？難、難道說……！」

「唔唔～～難不成，難不成是！」

「總覺得，好像有點懂了呢……」

咦？這是怎麼啦？她們三個的表情怎麼變得大有戒心？

「Pansy 同學！真的很謝謝妳！多虧妳幫了我大忙！」

「能幫上忙真是再好不過了，Cosmos 學姊。」

我正歪頭納悶，結果說人人到，Pansy 和 Cosmos 來了。

Pansy 穿著以淡紫色為基調，畫有白色與黃色花朵的高雅浴衣。

她和平常不一樣，把頭髮束在後面，插著髮簪，令人印象深刻。

而 Cosmos 則穿了淡粉紅色的可愛浴衣。

她和葵花相反，似乎為了盡可能擺脫平常成熟的形象，選了比較稚氣的款式。呱莉娜……沒有啊。安全上壘！

所以，Cosmos 為什麼要對 Pansy 那樣道謝？

「唉～～！這樣一來，我就可以擺脫穿浴衣或和服時頭痛的問題了！」

「真的很辛苦耶。妳的心情，我非常能夠體會。」

Pansy 心有戚戚焉地點頭。這是怎麼回事？

穿浴衣或和服為什麼會讓 Cosmos 頭痛？

「各位，久等了！好了，那我們就去廟會吧！」

「啊，不好意思，Cosmos 會長，可以先問妳一個問題嗎？」

「怎麼啦，花灑同學？」

「請問 Cosmos 會長為什麼要對 Pansy 道謝?」
「啊!是、是這件事?這個啊……呃……」
她吞吞吐吐的。我問的事情這麼令人為難嗎?
「花灑同學,這是性騷擾。」
「為什麼!我明明就沒有帶什麼下流的意思在問!」
「唉……再也沒有什麼狀況會比現在更適合用『無知是罪』這句話來形容了。」
「Pansy 同學,沒關係!那個……我覺得告訴花灑無所謂……」
Cosmos 對我說的話還真窩心。
這種不經意說出來的話就是會深深滲進心裡。
「其實啊……我呢……跟 Pansy 同學,要了一樣東西。那個……就是要了平常她纏的纏胸布……」
「啥?纏、纏胸布?」
所以她們三個才會露出起戒心的表情啊!
原來啊……說到葵花她們三個沒有,而 Cosmos 和 Pansy 有的東西,當然就是這個!
去海邊那一天不也說過類似的話嗎!
「說來見笑,我的體型不太適合穿浴衣或和服。可、可是啊!多虧 Pansy 同學的纏胸布,讓我這個煩惱得到了解決!」

「呃，為什麼要用 Pansy 的纏胸布？隨便找些市面上賣的纏胸布不就——」

「花灑同學，你什麼都不懂！一般的纏胸布，能壓迫的大小是有極限的！頂多只能勉強綁到D！而且還是D裡面比較小的！」

也就是說，Cosmos 比D裡面比較大的還大了。妳一下子爆了好多料，不要緊嗎？

「以往真的好辛苦！那些日子裡，我為了讓體型平順，用纏胸布壓迫胸部還不夠，肚子還得裹上好多條毛巾來打馬虎眼！害我每次穿上浴衣或和服就會給人有點胖的印象……可是多虧 Pansy 同學的纏胸布，全都得到了解決！裹在肚子上的毛巾竟然減少到只剩兩條！」

抱歉，妳說只剩兩條，我也搞不懂這樣是多是少。

眼前聽懂的就只有一件事，那就是 Pansy 平常纏的纏胸布即使遇上D裡面比較大的還是更大的，都能確實壓成洗衣板。

「我說啊，Pansy，妳的纏胸布跟普通的纏胸布有哪裡不一樣？」

「很簡單。比普通的纏胸布……更厲害。」

「呃，我就是問妳這是怎麼個厲害法……」

「總之……就是很厲害。」

看來不可以在意這種細節。

就只要想說 Pansy 的纏胸布很厲害就好了。

「沒、沒關係！我還在發育期！我還在發育期！」

「呵，說得也是……反正我們就是……」
「這件事就算下輩子也和我無緣呢。」
「啊啊！你們三位不要那麼在意！那個……就算有，也很傷腦筋喔。例如穿T恤容易撐壞，又不能趴著，想繫腰帶的時候又看不見……」
Cosmos，別再談妳的波霸小知識了。妳愈說愈是用刀往她們心裡捅。
「唉……葵花和翌檜還好呢。至少，還比我有……」
糟糕！小椿沮喪的程度非同小可！
會這樣就是我造成的，得想辦法讓她打起精神才行！
「還、還好啦……有什麼關係嘛！妳想想，不管有還是沒有，小椿都夠可愛了啦！妳穿這浴衣也有夠好看的！」
「嗯，謝謝呢。」
她是不是打起了點精神呢？
是的話，我會很高興……嗯？Pansy朝我靠過來，是怎麼了？
「花灑同學，我現在非常沮喪……再來，你懂吧？」
「不好意思，我一點都不懂。」
「唉……花灑同學，你的遲鈍最近可是精益求精耶。」
我反倒覺得妳的敏感門檻變高了。

＊

後來，我們帶著勉強恢復了精神的三人前往廟會場地，就看到那裡已經門庭若市。

有著成排的攤子，老闆們各自忙著生意。

總覺得已經很久沒有來廟會，好懷念啊～

章魚燒、炒麵、起司馬鈴薯、糖葫蘆、刨冰、棉花糖……要吃什麼呢？

其實，我喜歡棉花糖，但都上了高中，一個男生去買總覺得有點難為情。別人買了再去要……也很難為情啊……

話說回來，人潮好多啊。看樣子如果不一起行動，人潮一來，轉眼間就會走散。

「我說大家，人這麼多，大家還是一起走，免得走散——」

「不好意思～～！我們要玩撈金魚！請給我四人份！」

Cosmos，妳行動也太快了吧！我看妳是和上次去購物中心的時候一樣，因為以前沒機會來這種地方，所以玩得很興奮啊！

「好唷！謝謝惠顧！小姐，妳們好漂亮啊！」

「謝謝誇獎！那我們開始吧！」

「嗯！我會努力的！」

「呵呵呵！人稱廟會小天后的我，就讓各位見識見識我的實力吧！」
「……我絕對不會輸。」
她們根本沒把我說的話聽進去，轉眼間就已經開始進行撈金魚比賽。
每個人各自從大叔手裡接過小碗和網子，表情從剛才的雀躍轉為正經，瞄準目標。
「啊～～！破掉了……一隻都沒撈到啦……」
在比賽開始的同時就遭到淘汰的是葵花。畢竟她對這種需要細膩手法的事情很不拿手啊……算了，別這麼沮喪，每個人擅長的事情都不一樣。
「好！這樣就有三隻……啊啊！天啊！」
接著淘汰的是Cosmos。她成功將兩隻金魚收進小碗，但也只到此為止。
她看著開了大洞的網子，露出悲傷的表情。
「Pansy，妳挺行的嘛……」
「這裡再不贏下來，我就……」
剩下的翌檜和 Pansy 以充滿鬥志的眼神瞬間互看一眼。
兩者都表現出拚命，但總覺得 Pansy 有種被逼得無路可退的感覺。
她會流露出這麼迫切的態度還挺稀奇的啊。
「喝！喝！我還能撈很多呢～～！」
「…………！…………！」

之後，翌檜與 Pansy 也接連撈起金魚。

兩者的網子都沒破，看似不相上下，但這麼想就錯了。

因為……

「這樣……就是第三十隻！」

「唔！」

沒錯，撈起的金魚數目就有根本上的差異。

翌檜以敏捷的動作接二連三撈起金魚，Pansy 則似乎不習慣，非常慎重，因此撈起的金魚數目還只有十隻左右。

我覺得這樣也已經夠厲害了，卻被翌檜拉開了很大的差距。

「……啊！」

接著，比賽終於分出勝敗。

Pansy 為了縮短差距而心急的瞬間，手上的網子悽慘地破了。

不，是對手太強了……翌檜也太厲害了啦，竟然可以同時撈三隻。

「如何！這就是廟會小天后的實力！」

翌檜高高舉起還沒破的網子，宣告自己獲勝。

她當場蹦蹦跳跳，相當開心。

「翌檜，好厲害……」

「我都不知道她那麼會撈金魚……」

「……我、我完全輸了……」

輸掉的三個人表情可有多陰沉，尤其是從剛剛就表情淒厲的 Pansy。

大概是真的很不想輸吧。只不過是個遊戲，輸了以後卻有夠沮喪啊……

「我說啊……玩得高興是很好，但還是別走散……」

「花灑同學，我們打算在廟會一攤一攤玩下去，比個輸贏。」

「嗯、嗯……這是沒關係啦。總之——」

「Pansy 同學說得沒錯！所以，我們晚點再會合！」

「……咦？呃，Cosmos 會長，如果是這樣，我也要——」

「好～～！下一攤來玩打靶！那各位……Let's Dash！」

「喂！就說我也要跟去了！……等等，這可不是跟丟了嗎！」

她們是怎樣？轉眼間就消失在人潮裡了耶！

是有沒有這麼期待廟會啦！

「唉……她們幾個自己跑掉了……我該怎麼辦……嗯？」

怎麼好像有人在拉我的襯衫袖子。

「花灑就跟我一起去逛攤位吧。好想吃棉花糖呢。」

「咦？小椿，妳不跟大家去嗎？」

我這才想到剛才撈金魚的時候，也只有小椿沒玩。

「嗯，我不參加呢。大家都好認真，要是我加進去，就會變成是去亂的。大家也許會跟我客氣……所以難得有這機會，我想接受大家的好意，和花灑一起逛廟會啊。」

還說是去亂的……也不必在意到這個地步吧？

反而是只有小椿沒加進女生圈子裡，這樣才不行吧。

「我們大家一起來，卻只有我們分頭行動，這……」

「不用擔心。我們講好了，到放煙火的時間就會會合，所以你不用擔心。」

啊，是這樣嗎？所以又被她們擅自決定了是吧……

「對這種瞞著我排定各種行程的體制，我也差不多想表達我的不服氣了。」

「等花灑不再瞞著大家做各種事情，我想這些話就可以說出來了呢。」

被她這麼一說，我實在太沒有反駁的餘地，傷腦筋。

「好啦。那在跟大家會合前，就我們兩個去逛廟會吧。」

「嗯。跟男生兩個人逛廟會，是我的初體驗之10呢。花灑，我們要一起開心玩喔。」

「嗯，也對。人還挺多的，我們要小心別走散了。」

「那麼，要不要牽手？」

小椿輕輕朝我伸出手，讓我忍不住睜大眼睛。

「啥啊！呃，這、這有點……啊……」

我正畏畏縮縮，小椿就嘻嘻一笑，迅速把手抽回去。

我忍不住發出像是捨不得的聲音，讓我覺得自己非常沒出息。

「呵呵呵，開玩笑的呢。花灑，你滿臉通紅了喔。」

「……是因為人太多，又很熱。」

「我就破例當作是這麼回事吧。」

總覺得我被她玩弄在手掌心啊。

好啦，那就跟小椿兩個人一起隨便找些攤子——

「山茶花，他在！花灑在！」

唔？我怎麼覺得好像聽見了一種和廟會很不搭調，很紅人群的說話聲……

「哦、哦～～……原來他也來了啊……這、這也不重要就是了！也、也好啦，要是碰到，要我叫他一聲也不是不能商量！」

「他果然來了耶！嗯！我的情報沒錯！」

「太好了，山茶花！這樣就可以讓花灑看到妳為了這天買的浴衣了！」

「山茶花的浴衣很可愛，花灑一定會開心的！」

「是、是嗎？我，可愛？那、那我就努力……啊！看妳們害我講出什麼話來了啦！」

好啦，那就跟小椿兩個人一起隨便找些攤子逛吧！

哎呀～～！畢竟是在我們學校附近辦的廟會，說不定會碰到認識的人，不過到時候隨便打個招呼就好了吧！嗯！這樣就好了！

……原來妳們也來啦。

我和小椿兩個人走在熱鬧的廟會當中。

小椿一隻手上拿著棉花糖，吃得津津有味。

棉花糖真是不可思議，只要由女生拿在手上就會很好看。

我也有點想吃……

「……花灑要不要也吃一點？」

「咦！可、可以嗎？」

「嗯。我也吃不了那麼多，希望你幫忙吃呢。」

該不會是我忍不住露出了貪吃的眼神？

畢竟小椿也相當敏銳啊，總覺得好像讓她跟我客氣，有點過意不去。

「那……」

我咬了一口小椿遞過來的棉花糖，甜味在嘴裡瀰開。

啊～～！好好吃！沒錯沒錯！就是這個啊，這個！

「謝啦……小椿。」

「不客氣呢。」

「山茶花，危險了！得趕快找他說話才行！」

「又、又沒什麼大不了的！只不過是個棉花糖，我也輕輕鬆鬆就能硬塞進他嘴裡！才不需要叫他！」

我是不太懂啦，但既然不必叫我，我應該也不必叫她吧。

而且一旦叫了，多半就會被她把棉花糖塞進我嘴裡……

「說起來，像這樣和花灑兩個人走在路上，感覺就好像轉學第一天那樣呢。」

「聽妳這麼一說，還真是這樣啊。」

平常 Pansy 她們很會鬧，所以很容易忽略，但其實我最常和小椿在一起。

畢竟在學校同班，暑假期間排了行程的日子不用說，沒有行程的日子就排了班，所以絕對會在一起。坦白說如果只看最近，比跟家人更常在一起。

可是，我們不太有機會像這樣兩個人獨處。

無論在學校還是去打工，都有我們以外的人在。

雖然現在我們後面也有五位似曾相識的紅人群就是了……

「花灑覺得這個暑假過得開心嗎？」

「發生了太多意料之外的事，濃密的程度非同小可啊……」

如果只有姊姊回來倒還好，但一大早就被 Pansy 跑來襲擊，還弄得得去買東西，又被姊姊在背後爆出我不想被人知道的黑歷史；不然就是本來想太平地度過打工時間，結果小風跑來找我商量不得了的事情；吃流水麵時又發生奶油麵包殺人事件，我還變成凶手；在海邊又為了實現小風的願望，進行多種嘗試而失敗個不停……

真的是……都沒什麼好的回憶啊……

「你該不會覺得無聊？」

「……不，我很開心。我大概一輩子都忘不了這個暑假。」

「嗯。那大概沒問題呢。」

或許是廟會的氣氛讓溫和微笑的小椿看起來格外美豔。

平常總是只看她穿著制服或工作服可能也是理由之一。

「……小椿妳呢？」

「我也是第一次過這麼開心的暑假呢。以前常常轉學，很少有什麼好朋友。」

「這樣啊？不過我還以為除了開新店時以外，不會需要轉學啊。」

「爸爸有自己的店，是從三年前開始。在這之前，他曾在各式各樣的店工作。」

是喔～～原來炸肉串店也有很多種啊。

說穿了，就是每當父親換地方工作，她就得跟著轉學。

「這樣小孩子可辛苦了。」

「能去各式各樣的地方還挺開心的呢。只是，就只有奇怪的老冤家很令人傷腦筋……」

「奇怪的老冤家？」

「我不知道為什麼，每次我轉學就有個人會跟我轉學到同一個地方。」

「有這樣的傢伙啊？這個人也是爸媽在餐飲店工作嗎？」

「嗯。我家是炸肉串店，對方家裡是烤雞串店……有點像是老對手。」

原來如此，小椿有這種奇妙的串類緣分啊。炸肉串的專家叫作炸串者，不知道烤雞串的專家叫什麼。

「我已經成了像樣的炸串者，相信對方現在也已經成了獨當一面的雞斯坦吧。」（註：原文為「鳥スタン」，讀音同傳奇人物「崔斯坦（トリスタン）」）

烤雞串的專家聽起來簡直像圓桌武士，好帥！

「花灑，我們可以去一下那邊的醬油糰子攤嗎？我想買些伴手禮送給大家呢。」

「妳說送大家，可是Pansy她們不會自己就吃起來嗎？」

「不是送她們呢，我說的『大家』是指炸肉串店的大家。我想在廟會結束後，送些東西給代替我拚命工作的人們吃……例如金本哥。」

「噢，是這麼回事啊……知道了，那我也出錢。」

「可以嗎？」

「當然可以。畢竟我平常也很受他們照顧，尤其是金本哥。」

「金本哥非常中意花灑，他一定會高興呢。」

「能讓妳這麼說，也就不枉費我努力工作了。那我們走吧。」

「嗯，也是。」
就這樣，我和小椿兩個人走向醬油糰子攤。
那麼，就趕快買一買——
「奇怪～～～？竟、竟然在這種地方遇到你們兩位，好巧喔～～！妳們說是不……咦、咦！」
「啊，山茶花，妳也來啦。」
嗯，其實她們從剛剛就一直在啊。不是說不打招呼嗎……
然後，為什麼山茶花跟我們打招呼的同時，卻畏畏縮縮地四處張望呢？
而且到剛剛都還跟她在一起的紅人群其他諸位，現在也都不見蹤影。
「明明說好大家一起來打招呼的！只、只剩我一個？……啊！」
「「「……Amazing！」」」
「上當了！」
紅人群的各位待在稍遠處，非常開心地豎起大拇指。
看來她們是誆了山茶花，誘使她獨自找我們打招呼。
「嗨，山茶花。」
「哼、哼！在這種地方遇到，還真巧啊！」
就是啊，好巧喔。只是妳用小指搔著臉頰，用不知如何是好的幼貓似的眼神看著周遭，這種不安的程度非比尋常就是了。

「你、你們是兩、兩個人來嗎？不、不過也不重要啦！我一點也不想知道就是了！」

「不是兩個人呢，Pansy 她們也一起呢。只是大家要去逛其他店，所以現在我和花灑兩個人逛。」

「這、這樣啊……呼！太好了～……啊！這不重要啦！」

妳這種什麼都要說成不重要的設定，我絕對不吐槽喔。

不過，山茶花外表清純真不是蓋的，穿起浴衣的模樣非常好看。

這是一件白底搭淡藍色花紋的清純浴衣，還有著清涼的印象……嗯，可愛。

好！山茶花穿浴衣的模樣我也欣賞夠了，接下來就和小椿兩個人行動吧。

「這樣啊！我們要去買醬油糰子，彼此都好好玩個痛快吧！那就改天——」

「你給我等一下！為什麼講得好像要分頭行動一樣！」

不是講得好像要分頭行動一樣，我就是要分頭行動。

「呃，可是……山茶花，妳不是跟其他人一起來的嗎？」

「我只有跟女生！只有女生！」

對只有女生這件事強調得好劇烈。

「呀喝～～！花灑，好久不見！」

這個時候，紅人群的E子同學加進來參戰了。

其間小椿若無其事地去買醬油糰子。

「是啊，好久不見。喔，妳浴衣挺好看的啊。」

「謝謝你！……順便問一下，山茶花的浴衣怎麼樣？」

「……我覺得非常好看喔。」

要是這個時候說不好看，我肯定會被宰了吧。

就算誇了大概也會被宰，所以實在很可怕……但她表情都亮起來了，大概是安全上壘！

「哼哼！對吧對吧～～？這件浴衣是我送帽子給爸爸後，爸爸買給我的回禮！雖然那頂帽子其實不是要送給爸爸的啦……」

說到這個，記得大叔收到女兒送的帽子後歡天喜地，還說「要什麼我都買給她」啊。結果是買了浴衣啊？

帽子和浴衣，哪個貴不用說也知道，但心意應該是無價吧。

至於山茶花本來打算把帽子送給誰，我是國王帝王將軍地毫無頭緒。

「告訴你，我真的想了好久！我試穿了很多件浴衣，想說要哪一件才能讓他誇好看……啊！我、我又不是為了穿給你看才請爸爸買的！你可別會錯意！」

妳啊，從剛剛到現在也「啊！」太多次了吧？

而E子湊到這樣的山茶花耳邊，悄悄說：

「太好了，山茶花。」

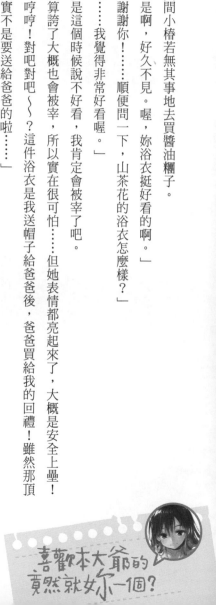

「嗯……謝謝妳！」

我都聽見了～～這種悄悄話，我就是會聽見耶～～

「哦～～……原來如此啊。」

去買醬油糰子回來的小椿似乎也順便聽得清清楚楚。

「花灑，要是 Pansy 她們逛攤逛得太熱衷，忘了煙火就糟了，我去找她們會合。所以，接下來我們就分頭行動吧。就在放煙火的時間……七點在河濱集合呢。」

「啥！呃，既然這樣，我也……」

「小椿，那我們四個也來幫妳找其他人！」

紅人群的各位，妳們不是四個人，是五個人一起來的吧！

怎麼老實不客氣地把炸彈放在我身邊！

「等、等一下啦！既然這樣，我也一起去找……啊！不見了！」

山茶花又來了一次「啊！」，但坦白說我能體會她的心情。

她們消失的速度實在太快，讓我也嚇到了。

然後被俐落地留下來的我們……該怎麼辦好呢？

「算、算了，沒關係！你也是，怎麼不去找人？我也不想看你煩人的臉！」

她說得咄咄逼人，眼眶卻含著淚水，非常寂寞地看著我是也。

唉……實在不能就這樣恭敬不如從命啊～～

「我說啊，山茶花，我這樣一個人也沒意思，要不要一起逛逛？」

「真的？」

不要這樣，不要眼睛閃閃發光地靠近我。

妳只有外表真的精準命中我的好球帶，會害我心臟怦怦跳啦。

「嗯……妳也知道，妳對我諸多照顧，我也想答謝妳。」

「答謝？我做了什麼嗎？」

傷腦筋的是，山茶花歪頭納悶的模樣非常可愛。

「就是和水管打賭那件事。當時妳不就把我藏起來，不讓別人發現，還特地拿髮夾來給我？妳那樣可是幫了我有夠大的忙耶。雖然其他人也是，但要是沒有妳，我就贏不了。」

「要、要是沒有我！也、也對！聽你這麼一說，的確是這樣！」

我倒是覺得也不必跩成這樣啦。

「真沒辦法耶～～！既然你這麼堅持，我就讓你答謝答謝吧！就破例由我來陪……啊！我、我捨命陪君子！」

她似乎覺得直接說「陪」會很難為情，換了個比較文言的說法。

雖然到頭來意思還是一樣，但對山茶花而言後者似乎是安全上壘。

「好啊，那不好意思，可以陪我一下嗎？」

「真拿你沒辦法耶～～！」

山茶花這個女生，其實還挺有意思的耶。
「我說啊……山茶花。」
「怎樣啦！」
「妳會不會離太遠了？」
三分鐘後……我和山茶花一起逛廟會，但發生了一個問題。
山茶花體內亢奮的腎上腺素似乎平靜下來，換成別的某種東西溢出，讓她開始異常地害臊起來。
結果我們兩個雖然一起逛，但距離相當遠，維持在目測三公尺的間距。
坦白說，這種連談話都有點問題的距離還挺令人傷腦筋的。
「你、你想想……要是這種時候被別人看見……會很難為情啊……」
「也是啦，說不定也有其他同校的人來啊～」
「對吧？所以，這種時候還是分開──」
「不行。人本來就已經夠多了，要是走散，那不是很傷腦筋嗎？」
而且事後大概又會被紅人群的各位罵不要丟下山茶花不管……
「所以呢，我們靠近一點啦。」
「好、好近！好、好啦。那……我還是不行！」

我靠近兩步，她就退後三步。這可傷腦筋了……

「……喂，我說真的，要是走散怎麼辦啦？」

「不用擔心！我最擅長從人群中找出你了！」

妳這發言不會比被別人看見更難為情五百倍嗎？

還自信滿滿地用拳頭捶捶胸口，講這什麼鬼話啊……

「你也知道！你啊，是垃圾中尤其垃圾的垃圾，就算在人潮裡也很醒目！」

可以請妳不要無心地用話刺傷我嗎？

「那也一樣。妳可能不希望被人看見我跟妳一起，但還是忍耐點。」

「才、才不是這樣！」

「不然是怎樣？」

「就是這樣！」

就說到底是怎樣啦？妳講話也太令人混亂了吧。

嗯～～……我是想構思對策，只是……喔，正好發現了個好東西。

「……好啦。那妳在這裡等我一下。」

「啥！你怎麼可以擅自丟下我，自己走開！敢放我一個人，我就宰了你！你有沒有在聽啦！……………討厭。欸，等等我啦！我、我也去啦！」

我跨出腳步移動，山茶花就急忙跟上。

她轉眼間就追上我，用力抓住我的襯衫下襬。

「你、你看！這樣就不會走散了吧？所以……我們一起……」

呃，我從一開始就打算一起……

不管怎麼說，我先不去應付山茶花，而是找攤子老闆說話。

「不好意思，請給我這個。」

「好唷！謝謝惠顧！」

我跟攤販買的是貓類吉祥物造型的面具。我拿著這玩意兒轉過身，滿臉通紅的山茶花就立刻放開了我的襯衫。

「……啊……剛、剛剛那是我說錯了！是我說錯了！是你的幻覺，幻覺！」

她的辯解搞不太清楚到底講的是聽覺還是視覺。

眼前就趕快把這面具交給山茶花再說吧。

「來，這個給妳。」

「咦？你要給我？」

「對。然後，麻煩妳戴上。這樣一來就算跟我在一起，也不用難為情了吧？」

說穿了就是如果不想被別人看見，就遮掩起自己的身分。

如果是這樣，相信山茶花也多少會將就……

「……我好高興。」

唔！竟然給我用這麼可愛的臉笑出來！

只不過是廟會賣的面具，不要這麼幸福地緊緊抱著啦！

「總、總之趕快戴上！這樣一來——」

「不要！要是戴壞了怎麼辦！這個我要收起來好好珍惜！」

喂，虧我買了面具給妳，妳卻不拿出來用，這是什麼意思？

我話先說在前面，我已經挺習慣世紀末，還挺敢抱怨的了。

「那妳要怎麼辦啦？要繼續跟我一起嗎？」

「哼哼！我有個好主意，不用擔心！你在這裡等一下！」

山茶花高興起來，踩著雀躍的腳步走向某處。

就是我剛剛才去過的賣面具的攤位。

她在那兒買了一個機器人造型的面具，走了回來。

「來！給你！」

她面帶開心的笑容，把這個面具遞給我。

「我不戴，但是你戴上不就好了？而且我才不要戴這種幼稚又土的面具！所以，你戴上啦！」

早知道這樣，我一開始就買自己的面具就好了……

還害山茶花破費，這樣哪有答謝到啦。

「……好啦。來，這樣可以了吧？」

我就先把面具來個指揮艇組合。無敵鐵金剛J誕生了。

「很好！……嗯，挺適合你的嘛，呵呵！」

還把拳頭按在嘴邊嘻笑，真希望她不要動不動都擺出這麼可愛的模樣。

還好我戴著面具……要是剛剛的表情被她看到，肯定不妙。

「那、那可真是，謝啦。」

「呃～～那……啊！我們去打靶攤吧！我想玩打靶，所以你來陪……啊！你要給我捨命陪君子！」

這個字眼還是會難為情嘛。雖然我是覺得換個說法也沒什麼意義……

「好啦，那我就捨命陪君子吧。」

「我話先說在前面，要是你拿不到獎品，我可要給你個Goo（註：日文拳頭的意思）。」

這不是指Good，是指拳頭吧……

「不是妳要打嗎？」

「我當然也要打啊。可是，你也要打！不一起玩個開心就太吃虧了吧？」

打不到獎品就要挨揍的打靶，有可以玩得開心的成分嗎？

我和山茶花從面具攤去打靶攤。

結果已經有人先到了……Pansy 她們在，小椿也確實和她們會合了。

可是，記得從她們說要去打靶，已經過了相當久的時間……啊啊，原來如此。她們不是玩打靶，是在玩隔壁攤的套圈圈啊。

「咿！為什麼她們會在這種地方啦！」

「她們說要去逛各式各樣的攤嘛，會遇到也不奇怪啊……而且，如果是被 Cosmos 會長她們發現，應該也無所謂吧？她們又不會取笑人。」

「不行！反而最不行的就是她們！好不容易才輪到我呢！」

葵花理論固然令人難以理解，山茶花理論也是相當艱澀。

只是話說回來，她們真的有夠認真啊。

她們玩得太專注，完全沒注意到我們。

「太棒啦！」

看來套圈圈比賽獲勝的是 Pansy。她漂亮地拿下了獎品。

她得到的是個手掌大小、眼神凶惡的狗狗吊飾。坦白說，這造型挺尷尬的。

拿下那種獎品是打算怎麼辦啊？

「太好了……真的太好了……」

只是，Pansy 似乎非常高興，開心地裝到智慧型手機上。

「嗚嗚～～！沒拿到！Pansy 好厲害……」

「我也很拚命嘛。可不能這麼簡單就輸掉。」
「剛剛的打靶也是，妳真的好厲害……這下不妙了啊……」
「被、被追上了……Pansy 真的來了一波猛烈的最後衝刺……」
「嗯，這樣一來，大家就並列了呢。」
「好、好！既然這樣，就來討論一下最後一場比賽吧！」
她們還是一樣走得那麼快，才一眨眼我就跟丟了。
小椿，監視的工作就交給妳啦，要帶她們到河濱去啊。
「不、不要緊吧？沒被發現吧？」
「對。根本上，她們似乎連我們靠近都沒發現。」
「太好了～～好，那我們也來玩！」
「好啊。順便說一下，就算打不到獎品，妳也別執行刑罰喔。」
「哼！那就要看你的努力了！」
說是看我的努力，但山茶花的心情似乎非常好，大概不要緊吧。
「啊，錢我來付。」
「啥？為什麼？不用這麼多事。」
「是之前說的答謝。我不是說過，要答謝妳幫助我嗎？」
「是、是嗎？那就拜託你……」

「好，包在我身上……不好意思，請給我兩人份。」

「謝謝惠顧～～！」

我拿出一張千圓鈔交給攤販老闆，老闆就交給我兩個各放了三個木塞的盤子。那我就把面具挪開……

「等等！你幹嘛拿下面具！虧我買給你戴！」

我才想說她變得很溫順，轉眼間又生氣了。情緒起伏也太劇烈了。

「不，戴著會很難看。」

「你不戴也很難看了！」

「我不是這個意思！不要無心講話刺傷我！剛剛那句話可深深刺進我心裡了！我是說視野啦，視野！我想好好看清楚啊！」

「你、你說想好好看清楚！這，該不會，是指我……」

「沒有什麼該會該不會，我是指靶子啊，靶子！我們是來打靶，我想看清楚靶子！」

「是、是這麼回事啊！不要講這種容易混淆的話！」

把話說得容易混淆的人是妳吧。

山茶花一興奮起來，發言就會有各種奇怪的地方。

這可讓我學到了新的一面……

那麼，這次我真的挪開面具……看我精準的狙擊。

「好！這下就不用挨拳頭了。」

我一發命中小小的鑰匙圈，打了下來。得到獎品。

呵，西木蔦高中的洛克昂（兄），指的就是我啊，又或者叫我大雄也行。

「哦？你很會打嘛……」

「我就說吧？……等等，山茶花，妳還沒打啊？」

「有什麼辦法，你的臉……啊！我是在集中精神，不要跟我說話啦！」

我覺得主動開口的是妳。

「……嘿！……嘿！……嘿！為什麼就是打不中啦！」

好厲害～～我第一次看到有人打靶可以這麼不會中。

至少也要打在靶上啊……

「真是的！都是你亂講話，才害我沒打中！」

「好好好，那可真是對不起。」

「你這是什麼態度！你真的有反省吧？」

我怎麼可能反省。明明就是妳自己搞砸了。

「糟透了！一點都不好玩！」

嘴上這麼說，但妳的心情看起來有夠好的耶。妳絕對玩得很開心吧？

嗯？手機在震動。該不會是改成要提早集合之類的？

所以小椿才聯絡我之……類……

『山茶花想要鑰匙圈！花灑，拜託！』

妳們跟蹤我們也跟蹤得太不客氣了吧！

紅人群的各位不是已經和小椿一起去找Pansy她們了嗎！

……不對，小椿已經會合了，所以是在找到後才過來這邊？

算了，我也只是覺得有把握就打下來，倒也不會很想要，所以是無所謂啦……

「呃……山茶花，如果不介意，可以收下這個嗎？」

「咦？你要給我？」

「對啊。我拿著也沒用，就當是謝禮……哇！」

好快！不知不覺間東西已經離開我手上，收進山茶花手裡。

是有沒有這麼想要啦！

「好棒……太棒啦……！」

只是看她這麼高興，就覺得東西沒白送。

「我會愛惜著用的！……花灑！」

哎呀，這可真是稀奇。山茶花叫我的綽號了耶。

平常總是用「你」、「垃圾」或「雜碎」叫我，所以感覺很新鮮啊。

哎呀～如果她平常就這樣，那就很討人喜歡，就很好耶～

說不定是我漸漸習慣世紀末，說話直接，反而對了啊！

雖然她多少有點太旁若無人，又一直被嚇得「啊！」一個不停，但我的身體不用受到損傷是多麼美妙！

『煙火時間即將開始。煙火時間即將開始。』

……嗯？已經這麼晚啦？好險啊。要不是有廟會方面的擴音器廣播，我差點就要忘記煙火的時間了。

「山茶花，煙火似乎快要開始了，我要去河濱，妳呢？」

「我也要跟她們會合！只要聯絡一下，應該就可以會合！」

呃，妳不用聯絡，她們也已經在跟蹤，所以我想只要妳一叫，她們馬上就會跑出來……

「這樣啊？那我差不多——」

「我、我說啊，花灑！……謝、謝謝你……嘍。」

「咦？」

山茶花唐突地向我道謝，是謝我剛才送她鑰匙圈嗎？

呃，如果是講鑰匙圈，未免顯得太難為情，還縮起了身體。

「呃……我很感謝你！那個……之前我和大家吵架的時候你就幫過我，我跟爸爸處不好的時候，你也給了我建議……」

「那些都沒什麼大不了的，不用在意啦。」

「對我來說就是很大不了！而且，我這身打扮也是！你看，跟之前不一樣吧？我改變打扮的理由要保密，但爸爸也好為我高興！這也是多虧了你！」

畢竟之前那種辣妹打扮，從某種角度來看實在相當奇特啊。

而且這似乎就是她和真山大叔處不好的原因。

「那個……妳願意這麼說真好……」

怎麼說？似乎是因為慶典的氣氛，讓我心跳更加劇烈。

「……然、然後呢！」

山茶花似乎下定了決心，以強而有力的眼神看著我的臉。

「我跟你約定過，但今天不算用掉……可以嗎？」

「啥？」

山茶花以滿懷期待的眼神看著我，但她在說什麼？

「約定？我跟山茶花約定？」

「是、是啊！我跟你的約定！有吧，我們不是約定了？」

就算妳這樣雙手畫圈圈，我也……沒約定過吧？

「我跟山茶花約定過什麼嗎？坦白說，我沒有什麼印象……啊！」

糟了！不知道怎麼回事，總覺得山茶花全身冒出了鬥氣！

我忍不住也被嚇得「啊！」了一下！錯不了，這個走向是……

「你為什麼忘記啦！」

「喔勾哇！」

這是高高躍起，用手刀下劈敵人雙肩的南斗水鳥拳奧義……飛翔白麗！

真沒想到不只是北斗，連南斗都學通了……

「之後的夢話，你去找地獄的鬼說吧！笨蛋！人渣！雜碎！」

真的是一有鬆懈就會這樣啊……她氣呼呼地走掉了。

可是，似乎是錯在我不該忘記跟山茶花之間有過的約定。

雖然我也不是不覺得好像不必打到這個地步……

「哎呀～～……在最後一步搞砸啦。好可惜喔～～！」

「山茶花，等等我們啦～～！我們也去看煙火吧！」

「鑰匙圈，謝謝你喔！花灑也辛苦了！」

「嗯！也有好好叫出花灑的名字，這是很大的躍進！」

紅人群的各位，真希望妳們可以早一點登場，阻止那個世紀末霸者啊……

我還是先去河濱再說吧。得等痛得差不多了再走就是了。

*

「……一個都沒來……」

下午七點……我照當初說的，在煙火開始之前來到河濱，卻只能一手拿著智慧型手機，一個人按啊按的。

四周有許多跟我一樣為了看煙火而來的人。是情侶、情侶還有情侶。雖然不時也有攜家帶眷或跟朋友一起來的人，但心情上就是容易注意到情侶。

「她們在搞什麼啊！虧我一個個打電話去，結果誰都沒接嘛！」

唉……要是她們就這樣全都不來，我該怎麼辦？坦白說，一個人待在這種地方很不是滋味，乾脆回去吧？可是如果晚點大家來了，又會很過意不去。

該怎麼辦好呢……

「久等了，花灑同學。」

我正左右為難，背後就傳來說話聲。這個嗓音……是Pansy吧！

可惡！管她是什麼霹靂無敵大美女，遲到就是不像話！這種時候就要嚴厲……

「對不起，我遲到了。」

唔……我本來很想抱怨，卻被她搶先道歉了。

沒辦法。既然已經在反省，這次就秉持我寬容的心，破例原諒……

「可是，你是隻忠犬，等待對你來說大概是獎賞吧？」

「我寬容的心一口氣變窄了啦！給我準時到啊，白痴！」

「哎呀，好奇怪喔。虧我還以為你已經從等待中得到快感了。」
「遲到了還能這麼厚臉皮的妳才奇怪吧！」
咦？我不由得開始照平常的調調抱怨，但這很奇怪啊。
除了 Pansy 以外，一個人都沒來嘛。
「我說啊，其他人怎麼啦？」
「不在。她們會在別的地方看煙火。」
她的態度充滿自信，而且感覺像是達成了什麼壯舉啊。這更讓我一頭霧水。
「那我們也過去找她們吧，大家一起——」
「我說啊，花灑同學。」
「幹嘛？我們趕快過去啦。」
「要不要，就我們兩個人一起看煙火？」
Pansy 說這話時語氣雖然平淡，卻用力抓緊自己的浴衣。
「……不行啊。我換個說法……我，想跟你兩個人一起看煙火。」
「我可是想跟大家一起看煙火耶。」
「我知道。畢竟這就是你在那個時候說出的答案。」
「…………妳明明就懂嘛。」
地區大賽的決賽時，我對她們四人的心意做出了最惡劣的回答。

因為我覺得一旦說出我真正的心意，就會讓好不容易建立的關係瓦解。

「暑假期間，你一直刻意用行動對每個人平等對待，沒錯吧？雖然有時候會只和其中一個人一起行動，但你對每個人都這麼做。我的圖書室業務、翌檜的校刊社採訪助理、Cosmos學姊的學生會、葵花的大掃除。每一件你都沒拒絕，就是這麼回事吧？」

「……對啦。妳有什麼意見嗎？」

「沒有。畢竟我也很高興能和大家在一起，而且也不曾想妨礙誰。這是個非常開心……是我的人生中最棒的暑假。」

能讓她這麼說，我也很開心……但正因為這樣才不行。

我萬萬不能只和Pansy兩個人看這暑假最後的煙火。

一定要大家一起看，大家一起開心。

「就是因為知道你的這種心意，我們才會比賽。」

「比賽？」

「對。暑假期間，我們四個人一直在比賽……你沒發現嗎？」

「暑假期間一直在比？呃，今天倒還覺得妳們有些行動……」

「其他日子也有。因為大家都很拚命。」

「為什麼要做這種事？」

「你不懂？」

沒有提示的狀態，是要我怎麼給出答案？至少，再多一點……不對，慢著。

Pansy 會在這個時機提起這件事，該不會就表示……

「妳們比賽爭的……是『來到這裡的權利』？」

「你明明就懂嘛。」

Pansy 微微露出笑容承認了。

「暑假期間我們比很多東西，只有贏最多場的人可以來到這裡……可以和花灑兩個人一起看煙火。我們就是在進行這樣的比賽。」

Pansy 拿出智慧型手機，把畫面秀給我看。

結果畫面上……

『秋野櫻：【便服】、【沙灘排球】
日向葵：【抽鬼牌】、【沙灘搶旗】
羽立檜菜：【沙灘排球】、【撈金魚】
三色院菫子：【打靶】、【套圈圈】』

顯示了每個人在什麼比賽獲勝的清單。

「……所以妳在暑假期間才會這樣表露出情緒啊？」

「是喔？我都沒發現。」

「我先跟妳說清楚，妳的表情相當誇張啊。」

我最先覺得不對勁是在流水麵那天玩的抽鬼牌。

只不過是抽鬼牌，大家的表情卻像搏命似的淒厲。

尤其是 Pansy。這女的平常不太會把情緒表現出來。

但在抽鬼牌的時候……除此之外也有，暑假期間的 Pansy 情緒非常明顯。

和朋友在一起不必顧慮太多多半也是原因之一，但另外還有一個理由……那就是為了能在今天來到這裡……為了能和我兩個人一起看煙火……

為了這個目的，大家都拚命……真的拚了命在比賽。

正因為這樣，獲勝時才會格外歡欣，輸掉時也更會由衷懊惱吧。

「我說啊，Cosmos 會長的這個【便服】是怎樣？」

「就是指 Jasmin 姊幫我們挑的衣服。我們請你來決定誰穿起來最好看。」

「那也算在比賽內喔？」

「是啊。是那天大家一起去卡拉ＯＫ，討論之後決定的，只有比賽的時候不當朋友，要當彼此是競爭對手來行動。」

也就是說，姊姊對這一切都知情，還協助她們……

我本來還想說打工下班後，她怎麼送了這麼棒的照片給我，沒想到竟然有這種內幕。

而且小椿在今天廟會時說過的那幾句話的含意，我現在也總算懂了。

『嗯，我不參加呢。大家都好認真，要是我加進去，就會變成是去亂的。大家也許會跟我客氣……所以難得有這機會，我想接受大家的好意，和花灑一起逛廟會啊。』

所以小椿才不說「不一起去」，而是說「不參加」啊……

所謂去亂的……說穿了就是這麼回事吧。

「直到今天，都只有我一場都沒贏下來……撈金魚輸給翌檜，再也沒有退路的時候，我真的覺得已經沒有希望了。」

的確，剛才的清單上，Pansy 只有在今天的夏季廟會才有勝場。

其他比賽都輸了。

所以她在撈金魚的時候才會露出那麼迫切的表情啊？

真要說起來，在海邊的那些比賽對 Pansy 也太不利了吧。

以葵花為首，Cosmos 和翌檜的運動神經也都很出色。

Pansy 在運動項目挑戰她們，這件事本身就錯了。

她不會不明白這一點。即使明白，她還是拚命掙扎……

「對了，可以問妳一個問題嗎？」

「什麼問題呢？」

很多疑問都得到了解答，但我還剩下一個重大的疑問。

那當然就是剛才她拿給我看的比賽結果。從清單上來看……

「妳們所有人贏的場數都一樣吧？」

「是啊，沒錯。因為我勉強跟了上來，追到同分。」

「那妳們是怎麼分出勝敗的？」

「因為變成最後一戰定生死，我們就說好讓你決定……這就是我們的最後一場比賽。」

「啥？我什麼都沒做吧？」

「你剛剛不就做了嗎？」

Pansy手一指……指向我握在一隻手上的智慧型手機。

「我的手機？這又怎麼了？」

「看到每個人都沒來這裡，你做了什麼呢？」

「那還用說，一個人都沒來，所以我就打電話……等等，難道說……」

我說到這裡，急急忙忙檢查自己手機的通話紀錄。

剛剛因為都沒有人來，我就先一個個打電話聯絡。

然後發現在通話紀錄最底下……顯示出我最先打電話找的對象姓名。

那就是……

「謝謝你，花灑，謝謝你第一個就打給我。」

是三色院堇子。

「……又給我搞這種沒營養的玩意兒……」

「才不會沒營養。因為對我們來說，這是真的很重要……絕對不能拱手讓人的事。」

真是的……要是我沒打電話給任何人，妳們是打算怎麼收場啦？

「所以，只要現在。只要現在就好……希望你跟我一起看煙火。」

到頭來，她們比了那麼多比賽，最終決定權卻握在我手上是吧？

好了，要怎麼……嗯？有人聯絡我。

會在這個時機聯絡，也就表示……

『這是我們全體的意思。所以，希望花灑同學和 Pansy 同學去看煙火。那個……其實我很想由我跟你一起看，但我輸掉了……可是，下次我不會輸！』

『花灑，在煙火放完前都要跟 Pansy 一起！可是，不可以亂來喔！』

『這次是讓給了 Pansy，但我告訴你，下不為例！真的，下不為例！』

『不好意思瞞著你。可是，希望你能體諒大家的心意呢。』

果然是妳們啊……

Pansy 袒護其他人，說得好像全是出於她的任性，但到頭來應該就像 Cosmos 的訊息所說，是她們全體的意思。

她們說夏季廟會，就只有大家可以一起玩的最後這一天，希望我這麼做。

「……不行嗎？」

每次都瞞著我推動事情……但我大概沒有權利抱怨這一點啊……

因為她們在暑假期間一直配合我的任性……

「好啦。那我就跟妳兩個人一起看煙火……這樣妳滿意了嗎？」

「滿意。非常滿意。」

真的是喔，語氣明明很冷靜，跟表情卻完全不搭，說來實在好笑。

給我笑得這麼開心……

「那麼，我要再任性一件事。」

「悉聽尊便。」

Pansy用力握住我的手，所以只有這次，我回握了她的手。

Pansy大概沒料到這一下，震驚地鬆開手，而我立刻握得更用力，不放開她的手。

「你握這麼緊，好難為情。」

「原因就是妳太喜歡我。」

「從你今天的行動來看，這句話由我來說比較貼切吧？」

「我只是說了自己想說的話。要是我說錯，妳儘管否定。」

「……不了。」

真是的，這個暑假有過這麼多辛苦，虧我想說至少今天想太平地度過，卻發生了意想不到的大事件。

不過相信比起我，大家要辛苦得多了啊……

「……辛苦了，Pansy。怎麼說……一定有很多辛苦的地方吧。」

「不會辛苦。比賽我固然很拚命，但比賽歸比賽，我每天都過得非常開心。即使我沒能來到這裡，今年的暑假也會變成我一輩子都忘不了的非常美妙又重要的寶物。」

「那真是再好不過。」

「大家真的都好厲害。我又能交到一群這麼棒的朋友，簡直像在作夢。」

「妳說『又』，那妳以前……噢，對了，妳國中時代就在外校有過很要好的朋友吧。」

「……原來你知道。」

Pansy 說這話的表情很複雜，略帶寂寞，但仍像是想起寶貴的事物。

我推測她大概是想起了這位朋友吧。

「我知道……聽水管說的。」

「聽你這麼一說，我才想起我的確跟葉月同學說過一次。」

「她是個什麼樣的人？」

「是個非常堅強，自己決定要做的事就一定會努力辦到的女生。她真的是個很了不起的人，我非常崇拜她。」

「妳不也差不多嗎？」

「你能這麼說，我很開心。因為我就是崇拜『她』，才努力變得像她一樣。說現在的我就是因為有『她』才存在也不為過。」

竟然對Pansy造成這麼大的影響……這女的真不得了……

「我們非常要好。最令我印象深刻的，就是『她』說想學做點心的時候了。起初真的很糟，我好幾次要她放棄，但她就是不放棄。」

會讓Pansy勸說放棄，想必是相當糟吧。

「即使因為做不熟練的工而燙傷手，或是做出非常不好吃的點心，她都絕對不氣餒……然後，最後真的做得出像樣好吃的點心了。」

「這可真了不起……啊，該不會『Pansy』這個綽號也是她取的？」

畢竟綽號這種東西即使有可能自己主動報出來，但基本上都是別人取的。我的情形是以前混在一起的人幫我取的，葵花也是一樣。

其他人我不知道，但應該都大同小異吧。

只是，Pansy的朋友很少啊。也許就是這個她說很要好的朋友……

「不是。雖然這個綽號是國中時代有人幫我取的就是了。」

「是喔？這麼說來，是比國中時代更早的朋友取的？」

「也不是這樣。幫我取了『Pansy』這個綽號的…………是你，花灑同學。」

「啥啊？妳在說什麼？我一年級時是聽其他人說了才知道大家叫妳『Pansy』耶。」

「是啊。到了那個時候，大家已經會用『Pansy』叫我，所以我就主動報上綽號了。」

也就是說，我是在上高中前幫她取了「Pansy」這個綽號？

不不不，不可能不可能！要說到什麼其實以前我見過Pansy，那不正是去年地區大賽決賽的事情嗎？

「我姑且問一下……我跟妳第一次見面是在？」

「是高中一年級的時候。順便告訴你，去年在那裡是我們第一次說話。」

果然是這樣啊……等等，那就還是說不通！

我和Pansy第一次見面是高中一年級的時候。

我和Pansy第一次說話是去年地區大賽的決賽時。

但我幫她取了「Pansy」這個綽號卻是在國中時代。

這到底有什麼機關啦？

「我說啊，花灑同學，我回答了你的問題，我有件事要拜託你……作為獎賞……」

「什麼事啦？」

「就是啊，其實暑假期間，有一句話你對除了我以外的每個人都說過。可是，你就只對我沒有說過，這讓我覺得非常寂寞。」

「有這種事？」

「你真的是一點理解力也沒有呢……是不是多少該向我看齊？」

「不巧我是人類，拿我跟超能力妖怪比，我也沒轍。」

「……壞心眼。」

Pansy 帶著不高興的表情鬧起彆扭。

但我並不是開玩笑，是真的不知道。

有一句話我只對 Pansy 沒說過，是什麼話啦？

「那麼，我給你個提示。葵花是在和 Jasmin 姊去買衣服那天；Cosmos 學姊是在吃流水麵那天；翌檜是去海邊那天；小椿是在要來廟會那時候。」

每個人的時間點都不一樣喔？這下我可更搞不懂了。

而且如果要說姊姊買東西那次，Cosmos 還比葵花令人有印象吧。

她拿了那件畫著死魚眼老鼠呱莉娜插畫的T恤來……有沒有想過我是多麼硬起心腸，逼她面對現實啊？

不過 Cosmos 也是拚了命在挑選，所以我是很高興啦。

尤其是她在請姊姊幫她挑衣服的時候，小聲吐露的心聲……

「……啊。」

「哎呀，看來你有好好注意到啊。」

該不會是那個？可是，如果是這樣……

「呃，我對妳也說過吧？妳想想，就是妳請我姊幫妳挑好衣服之後……」

「我討厭『怎麼說……還不錯吧？』這種不上不下的評語。」

……是這個意思喔？這下我弄懂暑假期間 Pansy 有什麼不滿了。

這麼說來，從最早的葵花那次起，每次 Pansy 都在鬧彆扭。

像 Cosmos 那次，還用力踩我的腳。

當時我完全不明白怎麼回事，原來 Pansy 是為了這個理由在鬧脾氣啊……

「如果你不想說，不說也沒關係。」

「妳說的話跟表情根本不搭好嗎？」

妳擺這種殷切盼望的表情是怎樣啦？給我擺出平常那種淡淡的表情啦。

「是你多心了吧？」

又給我做出這種也不太能算是說謊的發言。

好好好，要是這個時候我不說，妳一定又會開始鬧彆扭吧？

「……好啦，我就說給妳聽。」

Pansy 握住我手的右手微微繃緊。想來大概是在緊張。

「……好、好啊。」

Pansy 用空出的左手把頭髮撥到耳後，當然是靠我這邊的右耳。

我很了解用左手把頭髮撥到右耳後這種沒效率的動作代表什麼意思。

那麼，拖下去也沒半點好處，就趕快說出來吧。

「妳穿這浴衣，很好看……好了，這樣行了吧？」

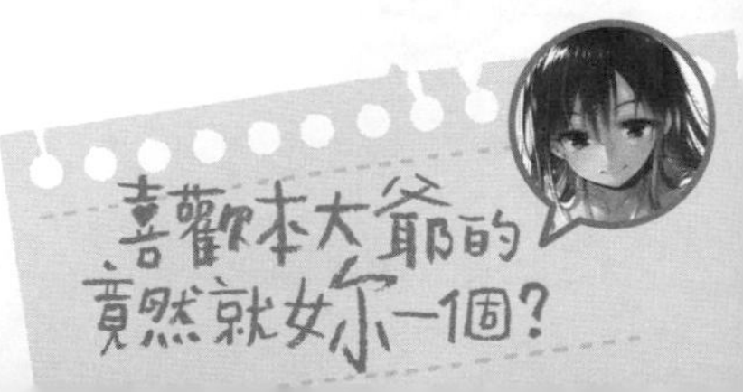

「差強人意。我要求更具體的話。」

怎麼還給我擺出有夠掃興的臉！

這表情簡直寫著「把我的雀躍還給我」！

「……唔！Pansy 好可愛啊！對對對，有夠可愛！」

「沒有心。不要說得這麼敷衍。」

要求也太多啦！Pansy 使起性子來真的有夠難搞！

「妳又在使性子……」

「這不就是女人的特權嗎？這話可是你親口說的吧？」

Pansy 先前的緊張已經消失無蹤，找回了從容，嘻嘻一笑。

相較之下，我的從容則已經被徹底粉碎。

「唉……爛透了。」

我忍不住低頭，厭煩地發起牢騷。

畢竟我的詞彙沒那麼多，剩下的就只有……

「…………妳很漂亮，漂亮得沒得比。」

怎、怎麼樣？要是這樣還不行，我可是沒轍了！這真的已經是我的極限了！

「…………」

「……P、Pansy？」

我戰戰兢兢地抬頭，朝她的臉一看，看見的是她滿面的笑容。
是一種比我以前看過的任何人都更漂亮的笑容。
「呵呵。那我們好好欣賞煙火吧。」
啊啊～～太好了！看來總算讓她滿意了。
怎麼說，雖然搞得我很難為情，但如果可以換來這樣的笑容……也挺不壞的。
「「…………」」
接下來，也不知道是彼此都在緊張還是沒什麼話要說，沉默籠罩了我們。
但不可思議的是這種沉默令人自在，一點都不覺得難受。
「……喔，總算開始啦。」
咻一聲洩氣聲響後，是咚的一聲巨響。
黑漆漆的夜空中綻放了五顏六色的燦爛煙火。
只是，我本來明明很期待看煙火，但就是沒辦法專心。
畢竟每次有煙火照亮四周，就會害我看得很清楚。
……看清楚 Pansy 一心一意看著煙火的臉。
「好棒喔，花灑同學。」
「就是啊。」
「煙火跟我，你喜歡哪一個？」

又給我問這種煩人的問題……

「那還用說？想也知道是……

【咚！】

……吧。」

嗯，時機很完美。也是啦，有時候就是會有這種情形嘛。

「哎呀，好遺憾啊，被煙火聲蓋過去了。」

「花灑同學，我覺得這種事不應該故意去做。」

「先入為主可不好喔。只是碰巧運氣不好，剛好重疊到了而已。」

「那麼，如果你願意再說一次，我會很開心。」

「我倒覺得一般來說，這種話講了一次就會太難為情，再也說不出口吧？」

「先入為主可不好呢。只是碰巧運氣太好，我想再聽一次。」

好好好，反正我早知道會這樣了。

她的不死心喔，真的是如假包換。我說，我說總可以吧。

……只是啊，老實講出來又會讓我覺得是被她玩弄在手掌心，會很不甘心。

既然這樣……

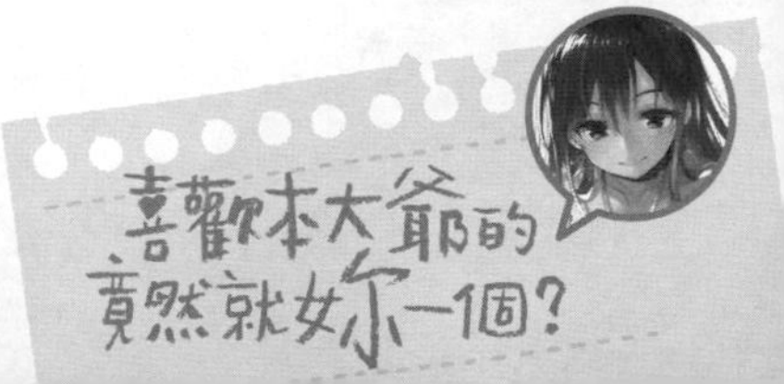

「不吵的那個。」

「……是嗎？」

下一發煙火是在我剛說完後爆開。同時歡聲雷動，Pansy 依偎到我身上。

現在 Cosmos 她們應該也在別的地方看著煙火。

「我說呢，花灑同學。等這場煙火結束後，要不要和 Cosmos 學姊她們會合，一起去小椿的炸肉串店？到這個時間，練習應該也結束了，說不定小桑也會來。」

搞什麼啊……妳拚了命才贏來這個權利，卻這麼乾脆地自己放棄。

不過，這就表示這些朋友對妳而言，就是這麼重要吧……

「妳難得說出這麼好的提議啊……就這麼辦。」

「那就說定了。其實剛剛我只顧著比賽，在廟會什麼都沒吃，肚子都要餓扁了。」

這主意真的是棒透了啊。其實，我的狀況也相當不妙。

從剛剛就有個傢伙比煙火還吵，讓我不知道該怎麼處理才好。

真的有夠吵。就是我心中冒出了一個聲音，一直嚷著說：「就這樣一直獨占 Pansy！」

憑這個超能力者的本事……說不定還是沒發現。

畢竟她從剛剛就只顧著看煙火，完全不看向我這邊。

這女的，真的讓我搞不太懂啊……

我的情形變得相當勁爆

終章

暑假尾聲，因為某件事讓我有必要滅天，但這是兩碼子事。

我順利消化了所有行程，暑假作業當然也已經做完！

之後就只等第二學期開學！

「我回來了～～！」

今天我比較早，五點就下班，意氣風發地回到家。

結果出來迎接我的是我的老媽如月桂樹，以及姊姊如月茉莉花。

「歡……歡迎回來～～喵……雨露。」

最先出聲的，是以略帶困惑表情跟我打招呼的老媽。

哎呀～～今天也是有夠捲的捲髮配上很濃的妝！這才是我老媽！

然後還有另一個人。是不知道為什麼和老媽一樣面露困惑表情的姊姊。

「雨露……今天也來了……」

她以有點顧慮的聲調對我說出這樣的話。

「喔，是嗎！那我去房間了！還有，晚餐我不在家吃！」

「是、是嗎？可是難得有這機會，還是在家……」

「就說不用了啦，老媽！因為重要的是要在外面吃飯！」

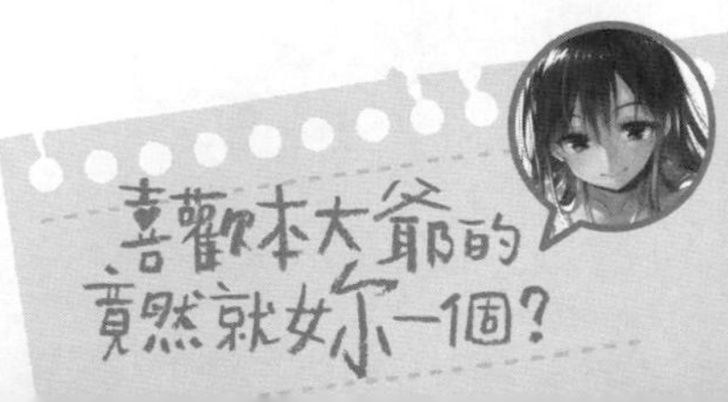

而我拒絕了母親的愛，以開朗的聲音回答完，一步步走上樓梯。
母親與姊姊以擔心的表情看著這樣的我。
可是，這沒有任何需要覺得不可思議的地方。我在外面吃飯的理由只會有一個！
就在第二學期即將開始之際……我的人際關係發生了重大的變化！
這件事非常重要，所以我還沒發表，但也差不多該說出來了。
那就是，大爺我……如月雨露～……

交到女朋友啦！

哎呀，各位可別誤會喔，我說的可不是「男朋友」，是「女朋友」啊！
真的是如假包換的女生！而且，還是可愛得沒得比的女生！
然後，這女生來到我家，待在我房間，才會讓老媽和姊姊覺得不知所措！
也是啦，畢竟總是不方便深入干涉兒子和弟弟的感情嘛。這種心情我很能體會！
這女生有夠精神可嘉的！自從變成男女朋友以來每天都會來見我，一天都不間斷！
就是為了盡可能多和我在一起！
而且啊，我想各位已經夠吃驚了，但還有更令人吃驚的事！
是什麼事？別急，別急！

看，我已經來到自己房門前了。

門後就有我的女朋友在等著我。然後，只要看到等一下發生的狀況，各位就會懂了。懂得有什麼樣的驚奇降臨在我身上！

……那麼，就讓我們發表吧！

我，如月雨露的女朋友！以及這超驚人的事實就是！

「歡迎回來！雨露仔！」

「歡、歡、歡迎回來！其實你不趕快回來也沒關係啦！」

我莫名同時交到了兩個女朋友……

以滿面笑容迎接我的，是有著醒目墨魚圈髮型的唐菖蒲高中三年級，學生會長櫻原桃，通稱「Cherry」。

另一個發言很傲嬌的，是披著清純外皮的野獸，西木蔦高中二年級，我的同班同學真山亞茶花，通稱「山茶花」。

她們就是在彼此同意的前提下，現在和我交往的兩個女朋友。

……我為什麼會遇到這種事情？

這就等下次有機會再說，不過我先透露一點吧。

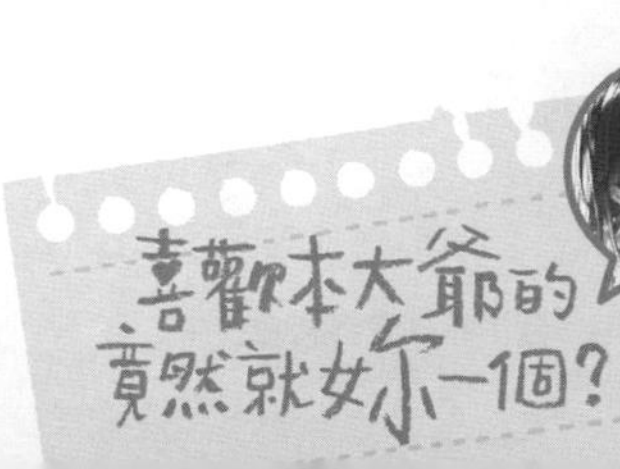

我一直以為「那玩意兒」已經不會再進化了。

我一直以為再怎麼樣都不會鬧出更大的事情來了。

但是，這是個天大的誤會……

那就是永遠都在顛覆我命運的……魔鬼長椅。

那玩意兒帶著新的力量出現在我面前的結果……

「那我們三個一起去吃飯吧！今天我們也要打情罵俏！」

「你、你可別誤會！我、我只是湊巧，想跟你一起吃飯而已！」

就是讓這樣的慘劇降臨在我身上……

離譜的組合。毫無共通點的兩個人。

但這也是個天大的誤會。她們兩個之間有一個共通點。

而這個共通點起了作用的結果，就是讓我同時和她們建立男女朋友的關係……

過去與未來，兩個事件與兩個女朋友。

如果是惡夢，趕快讓我醒來……

後記

日前，我在澀谷等紅綠燈，結果肩膀就被鳥屎砸個正著。澀谷區的總人口約有22萬人，但一想到肩膀帶著鳥屎的也許只有自己一個，就有種非比尋常的孤獨感，讓我忍不住附上照片，傳了訊息「在澀谷等紅綠燈，結果就被鳥屎砸個正著」給責任編輯之一近藤大大，結果得到這樣的回答：「是便便超人～～！好髒。防護罩防護罩！」總有一天我要去扁這傢伙。雖說第二章那長達六頁左右的便便題材並不是從這種經驗誕生的，但巧合還真是可怕。

大家好，我是從第五集以來三個月後再次出現的駱駝。就本書在日本的上市時期來說，是經過了四個月，但我寫這篇後記的時候是在大約三個月後，所以大概算是安全上壘。麻煩當作是安全上壘。

這次的故事和之前不一樣，是採短篇形式進行。畢竟是暑假，我自認是寫成了對花灑同學而言算是獎賞的故事，不知道大家覺得如何呢。登場人物自己就會動起來，所以實在不容易寫成自己打算寫的故事……我就姑且講講這幾句煞有介事的話吧。

好了，第六集也順利發售，我雖然成了便便超人，但還是有高興的事情。

事情是發生在第六集開會開到一半，承蒙三木大大說：「《喜歡本大爺的竟然就妳一

個？》可能會列入電擊文庫慶典2017宣傳用海報的陣容！」我非常開心。而洋溢幸福的我所接獲的下一道旨意，就是：「因此，要讓第一女主角穿得性感點。」

……第一女主角。《喜歡本大爺的竟然就妳一個？》的第一女主角……OK，我懂了。

想也知道當然只可能是「那一位」啊！這下機會來啦！

有了這麼一番覺醒的我當場就大談小……咳，我是說大談「那一位」多麼有第一女主角相談了五分鐘，結果被大家以冰冷的笑容回應：「我們不是在談這種事情。」

這是作者與編輯的意見衝突。認識以來過了一年半，我們之間的意見有這麼大差異，對我來說還是第一次的經驗。這是為了創造出更好的故事而發生的糾結。

我熱烈雄辯的時候，坐在我旁邊的近藤大大一直在苦笑。

是個不表達意見的牆頭草。總有一天我要去扁一下這傢伙。

結果我在這場討論中莫名地敗陣，但我可是連鳥屎都不缺的不死鳥，沒這麼容易死心。滿心想著如果正式確定要在海報登場，我一定要死纏爛打，大肆動用原作者的權限硬推！

之後過了大約一週，三木大大寄來了郵件，通知電擊文庫夏季慶典用的海報確定會有《喜歡本大爺》登場。

我歡天喜地。看我如何體現權限！我想著這麼沒救的念頭，做好了準備。

……然而，看到寄來的郵件內容，我當場定格。

以下就是從這讓我定格的郵件中摘錄的部分內容。

『這邊「當然」要用真 Pansy 上場——（以下省略）』

【當然】

〈副詞〉表示所描述的事情無論由任何人推想都應是如此時所用的說法。理應如此。※取自谷歌大師。

「當然」這兩個字的壓力可有多沉重。

心情就像是被榔頭搥扁，又或者是被黃金雷神鎚變成光。

現在是二〇一七年。從勇者王的年表來看，已經從與索魯11遊星主的大戰後過了十年的歲月，小護也已經二十歲。

也就是說，他已經到了能在戰鬥過後喊聲「哇哈！」喝啤酒的年齡。

雖然這次很遺憾地失敗了，但我不會放棄，會繼續努力。哪怕成功率極其趨近於零，成功率這種東西只是參考，再來只要用勇氣來彌補就行了。

這就是勝利的關鍵！

那麼，接下來是陳述謝辭。

購買第六集的各位讀者，這次也非常謝謝大家的支持。這次寫起來最花時間的，就是序章。我以輕鬆的心態想說「就來試試看這招吧～」，結果搞得我可慘了……從下一集開始

就是第二學期篇，雖然花灑同學不會一坐上長椅就轉生到異世界並帶有外掛能力而展開冒險，但故事應該會迎來新的發展。在第七集我將會試著進行一些以前曾想嘗試但沒能做到的挑戰，敬請各位讀者支持。

ブリキ老師，會議中決定「這次多給點性感畫面！」讓主角以外的所有主要角色都以性感模樣登場的結果，就搞出那種事情了。嘻嘻。

每次都真的非常謝謝您，今後也請多多關照！

各位責任編輯，感謝每次都給我適切的建議。今後我想還是會遇到意見相左，有所衝突的情形，還請多多關照。我會把「駱駝先生這個人，我們只要稍一鬆懈，他就淨是在增加新的男性角色！」這句話牢牢記在心中，秉持愛情喜劇作家的本分精益求精。

佐藤琢磨選手，恭喜您在印第５００大賽奪得冠軍！我超感動的。

以銀翼承載希望，點燃和平的綠燈！就在截稿日準時提出稿件！

作者特快車　駱駝

青春豬頭少年不會夢到嬌憐外出妹

Kadokawa Fantastic Novels

作者：鴨志田 一　插畫：溝口ケージ

「我想讀哥哥上的高中。」
花楓下定決心，朝未來跨出一步！

咲太迎接高中二年級第三學期到來的這時候，長年熱愛看家的妹妹花楓說出沒對任何人透露過的祕密。咲太明知這是極為困難的選擇，還是溫柔地支持著花楓──「楓」託付的心意由「花楓」承接，朝未來跨出一步的青春豬頭少年系列第八彈！

各 **NT$220~260/HK$68~78**

14歲與插畫家 1~3 待續

Kadokawa Fantastic Novels

作者：むらさきゆきや　插畫、企畫：溝口ケージ

輕小說對插畫家而言就是一種成功的話回饋很高，但成功機率很低的工作。

插畫家京橋悠斗雖然從大型書系那邊接下了委託，但是姊姊京橋彩華卻插手搶走了那份工作，然而錦倒覺得應該別有隱情……？另外，美女插畫家茄子被問到「妳應該喜歡優斗吧？」時，顯得相當慌張，而十四歲的乃木乃乃香也開始對自己的心意產生自覺——

各 **NT$180~200/HK$55~65**

國家圖書館出版品預行編目資料

喜歡本大爺的竟然就妳一個? / 駱駝作 ; 邱鍾仁
譯. -- 初版. -- 臺北市 : 臺灣角川, 2019.06-
冊 ; 公分
譯自 : 俺を好きなのはお前だけかよ
ISBN 978-957-564-986-9(第5冊 : 平裝). --
ISBN 978-957-564-987-6(第6冊 : 平裝)
861.57 108005631

Kadokawa Fantastic Novels

喜歡本大爺的竟然就妳一個？ 6

（原著名：俺を好きなのはお前だけかよ 6）

2019年6月26日 初版第1刷發行
2019年11月8日 初版第2刷發行

作　者：駱駝
插　畫：ブリキ
日版設計：伸童舍
譯　者：邱鍾仁
發行人：岩崎剛人
總經理：楊淑媄
資深總監：許嘉鴻
總編輯：蔡佩芬
編　輯：孫千棻
美術設計：莊捷寧
印　務：李明修（主任）、張加恩（主任）、張凱棋
發行所：台灣角川股份有限公司
地　址：105台北市光復北路11巷44號5樓
電　話：（02）2747-2433
傳　真：（02）2747-2558
網　址：http://www.kadokawa.com.tw
劃撥帳戶：台灣角川股份有限公司
劃撥帳號：19487412
法律顧問：有澤法律事務所
製　版：尚騰印刷事業有限公司
ISBN：978-957-564-987-6